国韵小小说

战太平

中华传统军事小说十五篇

上海图书馆 编

生活·讀書·新知 三联书店

Copyright © 2018 by SDX Joint Publishing Company
All Rights Reserved.
本作品版权由生活·读书·新知三联书店所有。
未经许可,不得翻印。

图书在版编目(CIP)数据

战太平:中华传统军事小说十五篇/上海图书馆编.
—北京:生活·读书·新知三联书店,2018.1
(国韵小小说)
ISBN 978-7-108-05018-2

Ⅰ.①战⋯ Ⅱ.①上⋯ Ⅲ.①小小说-小说集-中国-现代 Ⅳ.①I246.8

中国版本图书馆 CIP 数据核字(2017)第 280124 号

责任编辑	成 华 徐旻玥
封面设计	米 兰
责任印刷	黄雪明
出版发行	生活·讀書·新知 三联书店
	(北京市东城区美术馆东街22号)
邮 编	100010
印 刷	常熟高专印刷有限公司
版 次	2018 年 1 月第 1 版
	2018 年 1 月第 1 次印刷
开 本	650 毫米×900 毫米 1/16 印张 11.25
字 数	98 千字
定 价	29.00 元

编者的话

近一百年前,一批通俗浅近、装帧精美的"口袋书"陆续面世,是为"小小说"系列。其内容多依托古典小说名著改编,文字浅显,材料活泼,更有鲜明悦目的精美封面助人兴味,既可供文学爱好者品味消遣,亦是学校教育、家庭教育、民众教育的流行读本。惜历时久远,今多已散佚。

为"复活"这批优秀的传统文化读物,特搜集上海图书馆所藏共九十余种"小小说",略据内容分为六册,凡军事、历史、武侠、志怪、世情,涵盖各种类型,集中展现了我国古典白话小说的发展水平与艺术特色。

为便于读者阅读,现将原书的竖排繁体转为横排简体,修正了其中的漏字、错字、异体字,并根据现代汉语语言规范对标点符号进行了统一处理。必须说明的是,编者仅就明显的语言错误做出修正,在文从字顺的前提下,尽可能保留了特定时代的语言风格。

当然,也由于时代的局限,书中存在一些与当今理念相悖之处,考虑到还原作品原貌,均视作虚构文学素材予以保留。读者阅读此书,当能明辨。

92	104	116	128	140	152	164
挑滑车	采石矶	三踹牛塘	战太平	濠山大战	刀王	癞头和尚

目录

1 孟良盗骨

12 大破混元锤

23 狄青平南

35 八卦阵

45 女将军

58 潞安州

70 青龙山

81 栖梧山

孟良盗骨

国韵小小说

孟良盗骨

却说宋朝有一杨六郎,名延昭,乃无敌将军杨业之子,其人智勇俱备。真宗欲封他高州节度使,他不愿受,愿为佳山寨巡检之职。真宗问其何故辞尊居卑。六郎曰:"臣为佳山巡检有二便,一者闻彼处有几员好将,欲往收服;二者佳山乃三关冲要之地,与幽州隔界,欲往把守,使番人不敢南下。故愿居是职也。"真宗允其请,即饬其领军马三千往佳山寨。既至佳山寨,原有官军俱来迎接入帐。六郎下令曰:"今辽兵屡寇边界,此处实控幽州咽喉,汝众人各宜整饬戎伍,谨守烽堠,勿使敌人窥伺,用命者则有重赏,退缩者以军法从事。"众人领命而退。

次日,部下将弁岳胜,因出寨闲行,遥见对面一座高山,乃问土人曰:"前边那一座高山,是何所在?"土人曰:"将军休问那里,说起来胆亦惊碎。"因指道:"转弯一山过去有胡林涧,倚山有可乐洞,洞有寨主,姓孟名良,邓州人,使一柄大斧,无人敢敌,聚众数百人,专一打官劫舍,掠取庄民妇女,不胜扰害。"岳胜听罢,归见将军道知此事。六郎曰:"吾久闻此处有猛将孟良,若得此人归顺,诚壮北寨威风。"岳胜曰:"小将轻骑前往哨探一回,徐定擒捉之计。"六郎依其言,即遣岳胜前到可乐洞。正值孟良部下刘超、张盖与众喽啰,各将金银缎匹,在洞中均分。岳胜勒住马,佩短刀入洞中,大喝一声。刘、张惊疑官军来到,各自四散奔走。岳胜近前,一连砍死十数喽啰,倒于尘埃,血流满地。岳胜曰:"不如留下姓名,报与他知,好来寻我。"即蘸血大书于壁曰:"寨前竖旗帜,洞口列刀枪,杀死众喽啰,便是杨六郎。"岳胜题罢,径上马回佳山寨去了。

却说孟良回至洞中,见杀死十数人,大惊,问手下是谁到此。众喽啰对曰:"适有少年将军,单骑来到寨中,众人疑是官军,不敢与争,被其乘虚杀死十数人,临去留血字于壁上,大王看了便知端倪。"孟良看壁上所题,乃曰:"吾闻杨家乃有名之将,来日与他放对,定报此仇。"

且说岳胜回佳山寨,进见六郎,道知杀死多人,并血书题壁之事。六郎曰:"若此孟良必来报仇,汝等须防备之。"道声未罢,忽报孟良于寨外讨战。六郎即与岳胜领军二千出城迎敌。遥见孟良生得浓眉大眼,人物雄壮,果是员好将官。六郎马上谓之曰:"君有堂堂之貌,何不归降于我,把守关寨,立功朝廷,垂功名于后世,岂不胜于为寇哉。"孟良怒曰:"汝父子八人弃河东而走中国,今多作无头之鬼。我在此与汝无冤,何故杀吾部下而来相撩耶?若胜得手中利斧,则降于汝。不然,捉归洞中,取汝心肝烹酒,为众人报仇也。"六郎大怒曰:"无道匹夫,辱人太甚。"即挺枪径取孟良。孟良舞斧交还。二人力战四十余合,不分胜负。六郎佯输绕平原而走。孟良激怒,拍马追之。岳胜当中冲出,又战数合。六郎见岳胜敌住孟良，按住枪，弯弓架箭，射中其马，将孟良掀跌于地。众人一齐向前擒住，押赴寨中来见六郎。六郎曰："已被我擒，肯降否？"孟良曰："汝暗箭射伤我马，误遭其擒，如何服耶？"六郎曰："汝既不服，吾放汝去如何？"孟良曰："汝若放吾回去，必再整部下与汝决胜负。若能擒我，方肯服也。"六郎曰："今便放汝去，任汝上天下地，俱能擒汝。"遂放起，令人送出寨外而去。

岳胜曰："孟良贼之渠魁，今幸成擒，将军何以放去？"六郎曰："吾与此人连斗数十合，武艺不弱，心甚爱之，且今英雄难得，吾欲他心服，收为部将，非徒擒之而已。汝等试看孟良不久又为我所擒也。"岳胜曰："彼今此去必又整众来战，将军用何计擒之？"六郎曰："孟良孟良，勇力虽有，终是寡谋。离此不远，佳山之南五里，皆峻岩峭峰，无路可行。汝引骑军二千于此埋伏，敌人若进其中，然后绝其回路。吾自有计较在焉。"岳胜引军去了，又唤过健军五人吩咐曰："汝几人先往山谷，装作樵夫，待敌人问路之时，汝等便如此如此答应。"军人各领计而行。

六郎分遣已定。人报孟良部众于寨外讨战。六郎即披挂上马，出寨高叫曰："今汝用心交锋，若再被擒，更无轻放之理。"孟良曰："此来定报昨日之辱。"言罢，舞斧纵骑直奔六郎。六郎举枪迎之。二人战上数合。六郎拨马往山路而走。孟良曰："汝复能以箭射我乎？"径骤马追之。六郎且战且走，赚孟良赶至山中，故做慌张之状，头盔堕落，乃弃马缘山奔走。孟良性如烈火，亦下马绰枪赶去，转过山坡，不见了六郎。良惊曰："又中其计矣。"连忙退出。忽岩后一声鼓响，岳胜伏兵将谷口紧紧把住。孟良见有伏兵，迤逦投西，入山谷依小径而走。见山岭有四五个樵夫，良问曰："此处还有路走得到哪里？"樵夫曰："岩上有一小路出得胡林涧。"良曰："汝众救得我，愿以金珠相谢。"樵夫曰："本欲相救，但恐将军不从。"良曰："只图有生路，如何不从？"樵夫即将麻绳一条垂下曰："将军把此绳系于腰间，我众齐力吊将上来，将军便可脱矣。"孟良自思：事急且相随，权从其言，未为不可。便双手接过绳头，拦腰紧系。众人用力扯至半岩，即将绳缠缚大藤，不上不下，停而不动。良叫曰："何故只在半空，不复吊上。"樵夫曰："将军且少停，待我邀众人来。"孟良听罢，犹疑无定。一霎时六郎引岳胜都到岩上，叫孟良曰："此一番在天上捉汝，还不服乎？"良曰："汝诡计算我，非战败之事，要杀便杀，决不心服，除非和你大战一番，阵上擒得我时，方才心死，然后归降。"六郎曰："且放你去，必须地下捉汝，毋得再悔。"即令军人依前放下孟良去了。

六郎既放孟良，自与岳胜等归至帐中商议曰："孟良被我连捉二次，彼今不敢再战，必来劫寨，此回捉之，看他再有何辞？"岳胜曰："将军奇妙计策，非他人能及，只恐彼不来也。"六郎曰："准定今夜至矣。"因令众人于帐前掘下地坑，深约五六尺，上用浮木铺定，着军士远远埋伏，只留八九人藏于帐前，候敌人中计，即出擒之。众人依令而行，整顿齐备。是夕，六郎独坐帐中，秉烛观书。将近二更，孟良果领军士悄悄来到佳山寨，遣人探听，回报寨中军士各安歇去了。孟良曰："今番仇可报矣。"径到寨边，令手下停止于外，自领轻骑杀入帐中，见六郎隐几而卧，更无一人。孟良手提大斧，奋勇向前，喝声"六郎休走"，举斧未落，忽一声响处，孟良连人带马陷入土坑中。帐中健军一齐抢出，用搭钩擒住孟良。带来部下二千余人，被军士围将转来，不曾走得一个。众人押过孟良。六郎谓之曰："量君见识，出不得我神机，放汝回去，任意召集人马来战。"因令左右放之。孟良曰："我虽为贼，颇知礼义，只缘顽性未除，蔽却本来羞耻，将军神人也，我安敢不服，情愿倾心侍奉，无他念也。"六郎大喜曰："君若肯归顺于我，久后必得好名矣。"

次日平明，孟良禀过六郎，回本寨，召集刘超等一十六员头目都来归顺。六郎于寨摆设犒军酒筵。与岳胜等欢饮，至半酣，孟良曰："离此六十里有芭蕉山，其势极恶，内聚强人，扰乱山庄，专一劫掠放火，官军无奈他何。为首者乃鸦州三元县人氏，姓焦名光赞，性好食人，生得面如赤土，眼若铜铃，四肢青筋突起，满身块栗无数，使一柄浑铁飞锤，万夫莫近。若得此人来降，尤为吾众生色。"六郎听说，欣然起曰："吾当亲赍空头官诰，招来为将。"孟良曰："此人至顽，将军不可亲往，须领部众而去。"六郎曰："吾以诚信待人，何用兵为哉。"是日酒散已交三鼓。次日，六郎令岳胜守寨，自引骑军数人，单马来到芭蕉山。将近山隘，隘口坐着一人，形容怪异，似樵夫装束。六郎问曰："此处有芭蕉山否？"其人答曰："汝是何人？单马来到。"六郎曰："小可姓杨名延昭，杨令公第六子也。近授佳山寨巡检，闻此处有焦光赞，勇力无双。我特来相招为将。"其人曰："君要寻焦光赞，吾素相识，君可随我来，引汝见之。"六郎喜不自胜，即随其人进入山中，但见石壁嵬峨，树木丛杂。将近洞边，其人曰："汝且停待于此，我先入通报。"六郎允诺。其人进洞中，一霎时，走出数十喽啰，将六郎捆缚了。径被众人捉入洞中，见上面坐着一人，正是方才引路者，笑曰："吾乃焦光赞，汝自来寻死，复有何辞？"六郎颜色不动，厉声应曰："大丈夫视死如归，凭汝如何处置。"焦光赞曰："吾啖了多少好汉心肝，罕见汝如此倔强。"即令手下吊起，亲自下手开剥。正待举刀，忽六郎顶上显出一道黑气，气中现有白额虎，咆哮掉尾。光赞大惊曰："此人乃神将也。"即便叫手下放下吊索，亲解其缚，纳头便拜曰："小可不识好人，情愿归顺。"六郎曰："君若肯归我，不失官职，胜于为寇多矣。"乃取过空名官诰付与光赞。光赞大悦曰："手下都来拜见。"盼咐备设筵席相待。六郎正待饮间，忽山外喊声大振，金鼓不绝。喽啰报入寨中。光赞与六郎出洞视之，乃岳胜、孟良一众人引兵到此，见六郎乃各下马相见，因说从骑回报，将军被贼人所擒，特来救取。六郎道知收服焦光赞一事，众人皆悦，入洞中依次序而坐，尽欢畅饮。次日六郎率众人离芭蕉山，焚其巢穴，径向本寨而回。

是时，六郎招伏数员大将，朝廷即加封六郎为镇抚二州指挥正使。岳胜、孟良、焦光赞等一十八员，并授指挥副使。从此，三关人马，雄壮非常，番人不敢轻视。有时番人寻衅寇边，或中国出师征讨，孟良、焦光赞等从六郎立下多少功绩。直至番人屡次丧师，六郎率兵大举深入，攻克幽州，萧后缢死，取其版图以归，书中不能细表。

天禧元年二月，真宗以平定北番将士尚未封赏，特与八王商议，乃授杨六郎为代州节度使，兼南北招讨；授孟良瀛州团练使；焦光赞莫州团练使，其余有功将士，俱有封赏。洵太平盛世也。

当时六郎部下，有官职者，俱各赴任就职，唯六郎以母老乞优容限期，暂缓赴任。孟良、焦光赞须待六郎离京，然后起程。一夜，六郎在府中解衣将寝，忽户外一阵风过，恍惚见一人立于窗下，六郎即起视之，乃其父杨业也，六郎大惊，拜曰："大人升仙已久，何以至此？"业曰："汝起莫拜，我将有事说知。今玉帝怜我忠义，故封我为威望之神，已无憾矣，只我骸骨尚在幽州，当速令人取葬，勿使旅魂漂泊。"六郎曰："十数年前已由孟良入幽州取回安葬了，爹爹何故又出此言？"业曰："汝岂知萧后诡诈之谋，延朗知之甚详。"言讫不见。原来四郎延朗曾失落番邦，被招为驸马，番邦平后，得以回府。当下六郎痴呆半晌，似梦非梦，时近三更左侧。待至天明，入见其母令婆，道知此事。遂唤过延朗问曰："夜来六郎见父，说到骸骨尚在彼处，果有是事否？"延朗惊曰："母亲不言，儿正欲商议此事。前萧后与众臣定计，怕南人盗回吾父首级，以假者藏于红羊洞，真者留于望乡台。往年孟良所得，便是假的。今日吾父显灵，再当设法往取。"令婆曰："今北番已归降，令人前往取回，有何难哉。"六郎曰："番人诡诈，岂肯以真首级交还。不如仍令孟良盗取，必可得也。"即令孟良进府中谓之曰："吾有一件重要事，着汝去干，须要用心。"孟良曰："将军差遣，就赴汤蹈火，岂敢辞哉。"六郎曰："吾知汝去足能成事。今有令公真骸骨，藏于望乡台上，再往盗取而回，汝之功大矣。"孟良应声曰："离乱之时，尚能为是，何况现在一统天下乎，即往取之，有何难处。"六郎曰："汝言虽是，奈番人防守严密，还望仔细。"孟良曰："番人消不得一斧，将军勿虑。"言罢慨然而行。适焦光赞听得府中众人唧唧哝哝，似有商议之状，乃问左右曰："将军将有何事？"左右答曰："侵晨吩咐孟良，前往幽州望乡台，取回令公真骸骨耳。"光赞听罢，径出府外，自思曰：孟良屡为将军办事，我在帐下多年。未有些许之劳，莫若暗中赶去，先自取回，岂不是我之功哉。遂装点齐备，径往幽州赶去,此时杨府无一人知觉。先说孟良离汴京,来到幽州城内,将近黄昏,早已装作番人,混进台下。适遇五六守军问曰:"汝是何人?敢来此走动,莫非细作乎?"良曰:"日前中国天子放北番君臣归境,着我近边戍卒护送,今因无事,到此消遣一回,何谓细作乎。"守军信之,遂不提防。日色靠晚,孟良悄悄登台上,果见一贮骸骨之香匣在焉。孟良自思曰:往年所盗者,果与此不同,今日所得,必是真的。乃解出包袱,并木匣裹之,背下台来。不想焦光赞随后来到,已至台之中层,手摸着孟良脚跟,厉声曰:"谁在台上勾当?"孟良慌张之际,莫辨声音,只道番人巡缉来了,左手抽出利斧,往空劈落,正中焦光赞头顶,须臾已死。比及孟良走离台中,并无番人动静。自忖道:守军缉捕者,单只一人来乎,此事可疑。再回原处,于星光下视之,大惊曰:"此莫非焦光赞乎。"拨转细视,正是不差,孟良仰天哭曰:"本为将军做事而来,谁知伤却自家兄弟,孟良孟良,此心何以能解。"道罢,奔出城市,已是二更,恰遇巡军摇铃来到。孟良捉住曰:"汝哪处巡军?"巡军应曰:"我不是番人,乃屯城老卒,不能归乡,流落北地,充此巡更之职。"孟良曰:"是吾将军之福矣。"乃道:"吾有一包袱,央汝带往汴京无佞府。见杨六郎官,必有重赏。"巡军曰:"杨将军我素知道,敬为带去。"因问公乃何人,孟良曰:"休问姓名,到府中便有分晓。"即解下包袱,交付巡军,再三谆嘱勿误。复来原处,背焦光赞出城均,拔所佩刀，连叫数声："光赞光赞，是吾误汝，当于地下相从也。"遂自刎而死。

当下巡军接过包袱，半惊半疑，只得为之藏起。次早偷出城南，径回汴京。且说六郎自遣孟良行后，心下怏怏，坐卧不安，当夜睡至三更，梦见孟良、焦光赞满身鲜血而来。二人拜曰："重蒙将军恩德，未能酬答，今日特来相辞。"六郎惊曰："汝等何以出此言？"遂伸手去扯住二人，陡然醒来，却是梦中。六郎犹疑不定，挨至天明。忽府中人报曰："焦光赞赶孟良同往幽州去了。"六郎听罢，顿足惊曰："光赞休矣。"左右问其故。六郎曰："孟良临行，曾言若遇番人缉捕，须手刃之。彼不知焦光赞后去，必误作番人杀之矣。"众亦未信。适巡军回到汴京投府求见。六郎命入。巡军拜曰："小人幽州巡更之卒。前夜遇一壮士，付我一包袱，再三叮嘱送至将军府来。不敢失误，今特献上。"六郎令解视之，乃木匣所贮令公骸骨。六郎又问当时曾问其姓名否。巡军曰："问之不肯言，仓促而去。"六郎令左右取过白银十两，赏劳巡军去讫，仍遣轻骑星夜往幽州探访。不数日回报，孟良、焦光赞二尸身俱抛露于幽州城坳，今以沙土壅之而回。六郎仰天叹曰："值戎马扰乱之日，若非二人相助克敌，焉能平定？今日正好安享，辄自丧亡，伤哉伤哉。"次日入奏真宗，敕有司为筑封茔，谥二人为忠诚侯。所幸二人生前不能安享者，死后尚得荣封，是亦忠义之报也。

大破混元锤

话说，宋朝自太宗即位，西有戎主赵元昊，北有契丹番王，年年侵扰，举国不宁。幸有名将杨业，镇守边关，可以慑服。杨业死，其子延昭，亦能续父之志。后延昭子宗保，又接续其父，镇守西番，也颇具威名。当时西番赵元昊，因屡次侵争宋地，总未得利，心甚不甘，遂养精蓄锐，隐忍数年。一日，召番将薛德礼，商议起兵伐宋。德礼大喜道："末将久未立功，今愿带部下精兵十万，夺取三关，平分宋土，以报主公。"番王大喜，即日命德礼进兵。

宋帅杨宗保，探知薛德礼率兵来扰，急召众将听令。当时有孟定国、焦廷贵、刘庆、李成、张忠、石玉等一班武将，参与军机的文官，有范仲淹、杨青，御教场刀劈王天化的狄青此时因解送军衣来在雁门关助守。杨元帅便问谁敢作先锋，去打头阵。旁边转过焦廷贵大喊道："俺愿取这番贼首级来献。"杨元帅大喜准了。焦廷贵提了铁棍，带一万精兵，飞马出关。薛德礼见来了一黑脸大汉，匹马当先，冲出阵前，便问："来将何人？"焦廷贵喝道："你黑爷爷焦廷贵，都不认得吗？"德礼大怒，喝声："无名小卒，速来受死！"薛德礼本是西夏有名的猛将，焦廷贵如何抵挡得住，只战了四五回合，看看势力不佳，拨马便走。后面德礼挥动番兵，一起掩杀过来。焦廷贵急收兵入关，幸有守关众军努力抵挡。焦廷贵跑回中军帐,来见元帅,口称:"俺焦廷贵战他不过,被那厮赶回来了。"杨元帅听了不悦,便令张忠出马。不一时小卒报道:"张将军又被番将战败,退上关来。"杨元帅闻报吃惊,忙差刘庆、李成同去退敌。二人去不多时,也败回关上,禀道:"小将等实难取胜。"杨元帅吩咐且闭关踞守,自有计退敌。当日无话。

次日,天刚黎明,只听金鼓齐鸣,探子飞报上关,口称薛德礼指名要与元帅决一死战。杨元帅闻报大怒,吩咐整队,亲自出战。薛德礼正在关下搦战,忽见宋军浩浩荡荡,杀下关来。杨元帅银盔赤帻,背插八角彩旗,胯下银鬃马,手提大刀,立马当中。左右众将,分列两排。德礼心中暗想:人道杨元帅英勇无敌,今日一见,果然与众不同。便近前喝道:"宋将速来接战。"杨元帅厉声说道:"我大宋天子,待汝屡次加恩,汝等狂寇无知,时来用兵侵扰。本帅体圣上怀柔之心,不肯加诛。汝等不自量力,又来讨死。如果及早悔悟归降,有本帅保奏,当不失王侯之位。"德礼道:"非我不降。你若胜得我手中青铜刀,我便降你。"杨元帅大怒喝道:"反贼焉敢狂言欺吾。"挥刀纵马,直取德礼。德礼急架相还。两马相交,战至五十余合。杨元帅金刀纯熟,薛德礼力战无功。两将正杀得难解难分。薛德礼看看不能取胜,便拨转马头,奔回本阵。杨元帅不知有诈,乘势追杀过去。左右众将,正欲挥军掩杀。哪知薛德礼并非真败,原来他有一暗器,名叫混元锤。杨元帅不曾提防。德礼看看将近,便回身一锤打来。只见万道金光,正中杨元帅肩头,翻身落马。番兵齐来抢夺。幸赖焦廷贵、孟定国、李成、张忠舍命上前,杀退番兵,救出元帅。德礼挥动番兵猛进。两军混杀一阵,宋军终因元帅受伤,抵敌不住,只得退入关中拒守。德礼命番兵尽力攻打,关上掷下雷木炮石,番兵不能得利,方才渐渐退去,离开五十里下寨。

却说焦廷贵等,救护杨元帅回到关上,抬入卧室,急使随营医士敷药诊治。只见受伤处青肿溃烂,逐渐放大,杨元帅又连声呼痛,药不见效,方知这混元锤果然厉害。众将个个惊惶。范仲淹、杨青两位老将军,亦亲来看视。杨元帅请范、杨二公到榻前含泪说道:"吾今误中番贼之锤,性命危在旦夕,只是贼寇未平,有负君恩,吾死也不瞑目。但吾死后,番贼必然力战,还望二位老将军运筹决胜。如有紧急,众将之中,当以狄青智勇为最,倘圣上能重任狄青,西北番戎,尚不至十分猖獗。"言罢大叫一声而亡。三军众将闻杨元帅身死,无不堕泪,当时尽皆挂孝。范老将军权摄帅印,连夜写本申奏朝廷。

真宗天子闻报杨元帅中锤阵亡,番将攻关又急,遂立刻下诏:封狄青为天下都招讨兵马大元帅,石玉为副元帅,范仲淹、杨青及众将,均分别加升。一面命钦差大臣迎杨延昭灵枢回京,追封为耀武王;又下旨着狄青迅速征剿,杨元帅之子杨文广,袭授父爵,交狄青军前委用。狄青等接读诏书,谢恩已毕,遂即升帐,点视三军,预备迎敌。

却说薛德礼闻知杨元帅已死,遂与女儿百花女商议进兵。百花女道:"杨元帅已死,宋营诸将,皆不足惧。吾父不必亲往,待孩儿带领人马,去杀他一阵。"德礼道:"吾儿欲去,须要小心为是。"百花女领了父命,率领五万番兵,杀奔关来。狄青闻报,问谁敢出马。小将杨文广说道:"末将愿往。"狄青大喜依允。旁有焦廷贵走上喊道:"杨将军去不得。"文广怒道:"汝何故轻吾去不得。"焦廷贵笑道:"俺不是轻你,那百花女长得着实美貌,你是个俊俏英雄,俺怕到了阵上,战不成,要把你拐了去呢。"狄青喝道:"休得乱言!"焦廷贵退下来,口里还咕咕唧唧说:"此去一定不成功的。"众将听了,也都掩口而笑。

却说杨文广自告奋勇,立志要报父仇,即日全军挂孝,杀出关来。正遇百花女前军,一字儿摆开。百花女身轻如燕,貌似桃花,手使双刀,立马阵前。遥见杨文广,金刀白马,素铠银盔,英雄美丽,风雅不俗。心中暗思:宋将人才,真是生得个个出色,吾若将他擒住,定然不杀死他。便娇声呼道:"你这小小书生,敢是来送死吗?"文广大怒喝道:"贼婢!休得狂言,接枪。"百花女举刀相迎。两个一往一来,交战三十余合。百花女暗思:奴自母亲逝世,终日血战沙场,如何是了?今这宋将人才美貌,武艺超群,不如引他到山僻之中，以婚姻动之，劝他归降。想毕，虚揕一刀，拨马便走。杨文广哪里肯舍，纵马赶来。百花女且战且走，渐渐入了山僻。宋阵上刘庆，本是个乖觉的人，见百花女诈败，诱文广追去，恐有埋伏，便匹马追随。入了山中，只见百花女立马横刀，笑容可掬，向杨文广施礼。刘庆便赶上前去喝道："番丫头引诱杨将军来此有何诡计？"百花女本与刘庆在阵上会过面的，今见刘庆赶来，心中便有主旨，乃说道："刘将军且莫多疑，奴因母亲不在，孤身无主，今见杨将军英勇，十分佩服，若蒙不弃，愿结为婚姻。奴当劝父，归顺天朝。还望刘将军做主。"言罢低垂粉面，用袖遮掩。杨文广听了羞得满面通红，半晌无语。刘庆暗思：这番丫头很有眼力，果然与杨文广结为伉俪，不但是美满姻缘，国家利用这机会，也除了西番一害。遂近前和声说道："汝果有真心，速速收兵回去。婚姻之事，我刘庆努力担承。只是你不得助汝父再战。"百花女道："奴家一定从命。"刘庆便偕了杨文广回关。百花女也鸣金收兵，回到番营，见父亲薛德礼，隐过前事，只说宋将力战因此未分胜负。德礼也不疑惑，便吩咐次日亲领大军夺关，使女儿统本部人马，守护粮草，随后接应。刘庆同杨文广等到了关上，便把百花女劝父投降，欲与杨将军结婚一事，对狄元帅说了，又说如薛德礼不从，百花女亦决不助战。杨文广急近前禀道："阵上招亲，大干军纪，况薛德礼与吾有不共戴天之仇，如何能要他的女儿？此事断不可行。"狄青道："贤侄之言有理，但这番女果然诚心归顺，也是幸事。语云忠孝难以两全。贤侄果肯为国曲从，婚姻之事，本帅当奏明圣上，候旨定夺。"正议论间，忽报薛德礼又来搦战。狄青遂升帐唤杨文广，吩咐道："汝带五千人马，从关北山僻小路，绕出番军后营，待关上连珠炮响，汝便杀入大营，焚其粮草。"又唤孟定国、焦廷贵二人各带本部人马，在关南、关北分头埋伏，只听炮响，便出截杀。又唤李成出关打第一阵，张忠打第二阵，石玉打第三阵。狄青带刘庆亲自接应。请范、杨两位老将军守关。众将领命，各自分投去了。

却说李成带领三万人马，出关三十余里，正遇薛德礼大军摆开。两下也不答话，便举刀相交。李成哪里抵得德礼，看看不支。只听金鼓震天，第二军张忠赶到，接住厮杀。李成便退转去了。张忠虽勇，也非德礼敌手。正在难分，忽有一军赶到，势如浪滚波翻，为首一员小将，大呼："石玉来也，番贼还不受死！"德礼听得大怒，舍了张忠，来战石玉。交手数合，便觉吃力，寻思这小小年纪倒还了得，今日不用混元锤，料难取胜。想毕拨马便走，右手带刀，左手取锤，回头觑定石玉面门，狠力打来。原来石玉晓得杨元帅曾被他暗算，心中早有防备，见他拨马时，已偷空把枪倚住，身边取出坚金宝盾，见德礼锤来，奋力迎去。只见锤盾相敌，激出金光万道，坠落地上。说时迟，石玉双枪并刺，那时快，德礼腿上早着，大叫一声，几乎落马，幸那马乃西夏良骥，四足如追风踏浪地走。行无百步，恰巧狄青从旁闪出。德礼未及提防，金刀起处，血染沙场。左右军兵，急上前割了德礼首级。挥动大军，掩杀番众，尸如山积，血流成渠。狄青急传令，降者免死，番兵见主将已死，乃个个弃甲投降。

却说杨文广绕出关北，闻得炮响，方欲进攻，忽见前面一军。为首乃百花女，见了文广，便说："吾父不从吾言，奴因诚心归顺天朝，已将粮草数十万，装载车上运来。愿杨将军带奴进关，叩见元帅。"杨文广尚自含羞，只得引着百花女到关，令随来军兵在关外驻扎，自带了百花女入关，来见元帅。此时狄青已收得胜之兵，奏凯回关。文广引百花女叩见已毕。狄青举目细观百花女，亭亭玉立，落落大方，虽产自番邦，并无粗蛮之态；又见杨文广英气勃勃，皎洁不群。回思当年穆桂英夫人与杨宗保元帅，阵上招亲；今日杨文广与百花女，又结良缘，真成千古美谈。便向百花女说道："小姐归顺天朝，实为明智，且汝归降本意，刘将军已对本帅言明。此事须待本帅平定西夏，奏明圣上候旨定夺。"百花女道："妾父不明大势，效忠夏主，今遭不幸惨死，妾实悲痛。今夏主兵败将亡，已难再振，元帅若速进攻，两国必可讲和。元帅如不生疑，妾愿带一旅之师，作为先导。"狄青大喜，便与范老将军说道："本帅欲率领众将，乘胜西征，但拟送百花小姐至尊府暂居，候本帅归来，再议与杨将军结婚。"范老将军欣喜依允，遂将百花女送至府中，与范小姐同住。却说夏主赵元昊,自遣薛德礼率兵侵宋。先据探子报道,杨元帅中锤阵亡,大喜,急命近臣备白金十万,牛酒数千,犒赏众军。不数日间连接探报,说薛元帅又获大胜,赵元昊更喜。忽一日闻报德礼副将孟雄匹马归来,元昊生疑,急召孟雄入见。孟雄入幄,哭拜于地。元昊忙问情由。孟雄诉说:"薛德礼锤伤杨元帅,百花女力战宋将,均获全胜。不料宋天子封狄青为大元帅,后来我军攻关,被那石玉破了混元锤,因此薛元帅为狄青所斩,数十万粮草皆被宋军掠去,百花女亦无下落,我国全军覆没,因此小将连夜逃回。"元昊听罢大惊,急召众番将商议复仇。忽探马飞报,宋元帅狄青带大军五十万来征。众番将闻报,个个吃惊。原来赵元昊自践番主之位,连年侵宋,已达二十余年,损兵折将,不下百余万,仓库已皆空虚。满指望德礼出兵得胜,巩固国基。谁知又损兵数十万,一败涂地。今宋兵又到,莫说退敌,孤城恐亦难守,因此赵元昊忧形于色。番将中又无勇过德礼者,故皆面面相觑。孟雄本是惊弓之鸟,今见此情形,遂奏道:"现今宋军势大,难以拒敌,我主莫若速遣使讲和,待缓数年,我军再振,然后复仇,亦不为晚。"番主寻思只有此计。遂命入库中检取金珠十斛,又选良马百匹,急使孟雄,赍表投宋军请和。此时狄青大军,正行之间,忽报番使求见,狄青命引进。孟雄入帐跪在当中,口称奉番主之命,特来请和。狄青喝道:"汝主不遵王化,频年背叛天朝,今见大军压境,势力不敌,方来求和，必非出于诚心。吾先斩汝，然后擒那叛逆，以正其罪。"说罢喝令左右推出斩之。孟雄心慌，叩求不已。旁有刘庆近前劝道："番主既然求和，望元帅谅情饶恕，若以后再有背叛，决不姑息。"狄元帅方含怒对孟雄说道："今依刘将军之言，姑且饶汝，汝须随吾入关，俟奏明吾天朝圣主，方能定夺。"孟雄唯唯听命。狄青遂命人收了金珠马匹，即日班师回关，写了表章，遣孟定国，赍了金珠星夜投赴汴京，表中又将百花女投降欲招杨文广之事，一一奏明，请旨定夺。

却说孟定国带了孟雄起身，不一日来到汴京，直至午朝门外候旨。少时圣驾临朝。众文武分班侍立。黄门官启奏大元帅狄青有本申奏，并有西番赵元昊求和使臣孟雄，候旨召见。仁宗传旨宣进。孟定国、孟雄跪于丹墀之下。左右捧上本章。仁宗览奏，便向孟雄传谕道："汝主屡次妄动干戈，理该征讨。今既知罪悔悟，朕姑免究治。卿还邦之后，须传达汝主，自此当永守臣节，岁贡不误，各分疆界，不得再生祸心。倘或再蹈前愆，朕那时决难宽容。"孟雄叩道："谢恩。"唯唯遵命。仁宗当日册封赵元昊为夏王，厚赐使臣，命他即速回国。次日颁旨命孟定国回关。军士报来，狄元帅率领众将接旨。开读诏书，乃是狄青加封公爵，石玉、张忠、李成、刘庆、焦廷贵、孟定国均各升赏，唯杨文广已袭父爵，不复加升，只诰封百花女为一品夫人，特旨与杨文广完婚，又召范仲淹还朝入阁。狄青遂重犒三军，大开筵宴。自此宋夏相和不复用兵矣。自古外交，未有不以武力为后盾者，唯能战而后能和，亦唯能用兵而后可不用兵。观于狄青征夏之事，可以鉴矣。

狄青平南

话说宋朝开基承统以来，边廷侵扰之患，屡屡不息。传至仁宗时，有外国使臣来朝上表。仁宗将本章接来一看，上面写道"南天国王书致大宋君御前"，表中多不逊之言，又有"率锐师百万，战将千员，喜则坐守南国，怒则奔越中原。如宋君识得厉害，即割云贵两粤之地，为暂止征伐之计。倘书到后，尚属狐疑不决，戈盾耀于汴梁，旗帜扬于中原。其时玉石不分，君耻臣辱，追悔莫及"等语。仁宗看了这书，不觉大怒，拍案骂道："好大胆的南蛮，焉敢出此谬言，欺辱朕躬，寡人必要亲自提兵，捉拿逆贼，以泄此愤。"言未竟，只见文班中闪出一位大臣，姓包名拯，执简上前，俯伏金阶奏道："不可、不可。"仁宗说道："包卿因何谏阻？"包公说道："自古以来，边廷之患，哪一朝、哪一代没有？如今南蛮之叛，邕州之危，皆因边关缺少智勇之将帅耳。若能用韬略之将，提兵往讨，未有不克，陛下何必御驾亲征。臣保举一人，如领兵前往，可以指日成功。"仁宗说道："卿所举何人？"包公奏道："臣所举者乃平西王狄青是也。若使此人往剿，定能马到成功。"仁宗闻言大悦。次日，仁宗遂颁诏召狄青回朝，发兵征讨。狄青奉诏，想道：我以一介武夫，行伍之贱，初立些微小之功，蒙圣上厚恩，今已位极人臣，虽赴汤蹈火，也是情愿，区区战征之劳，自当不恤。遂即日首途回朝去了。

仁宗见狄青回朝大喜,谕曰:"朕因南蛮侬智高逆贼作乱,入寇邕州,昼夜攻打,黎民不安。今又递来战书,侮辱寡人。故特宣卿回朝,领兵征剿,与寡人泄愤。今准卿拨那一方雄兵,先调后奏,大展雄才,得胜班师。回朝之日,朕当大加升赏,以慰卿劳。"狄青奏道:"微臣叨蒙圣恩,虽粉身碎骨,亦难报于万一,况区区之事,敢不效股肱之力,而代主上之劳也。蛮兵虽锐,何足挂怀。臣赖陛下洪福,此去定能马到成功。"仁宗闻奏欣悦。次日,狄青到了教场中,挑选十万精兵,偕同刘庆、张忠、李义、石玉、孟定国、焦廷贵诸将祭毕大旗,拜辞天子,然后起马。先令刘庆为开路先锋,领兵一万;张忠为左监军;李义为右监军;石玉为后队中军接应;孟定国、焦廷贵二人,各领兵三千,在后运粮。分派既毕,遂亲统中军,吩咐放炮登程。自己跨上月龙驹,分开队伍,离汴京城向南方大路进发,涉水登山,旗幡招展,杀气冲天,一路上浩浩荡荡而去。

过了数日,大军已到番界。先择地安营,停歇三日。然后出战,一声炮响,十万精兵,蜂拥而出。狄青在后带着五将,向蒙云关而来。到了关下,只见城垣十分高耸,矗立云霄,四围垛口,刀枪密密,剑戟森森,箭窗之内,暗藏火炮。守城兵人人悬弓搭箭,俱是彪形大汉。狄元帅看毕,就令众军齐攻城池。兵士领令,夺勇争先,向前攻击,炮声隆隆,不绝于耳。

却说蒙云关,乃南方头座关塞也。守关老将姓段名洪,年逾耳顺,使一柄大刀,有万夫不当之勇。有儿子二:一名段龙,一名段虎,也是能征惯战之将。还有一个女儿,名红玉三小姐,乃终南山金针洞仙翁徒弟,她八岁便学这些腾云驾雾、隐身遁逃、撒豆成兵的法术,俱已习熟,又有迷人魂魄的邪术,甚为厉害。是日段洪正在帅府帐中,商量战事,忽闻探子报说:"宋兵现在关外攻城,势甚猖狂,城恐难保,请大人迅速派兵迎敌才好。"段洪闻言,带领众人上城,观看敌阵雄壮,极为恐慌。段虎上前禀道:"孩儿不才,愿出马应敌。"段洪说道:"我儿你看此将身材俊伟,定是骁勇英雄,况两边许多战将保护,你一人出马,焉能取胜?不如偕你哥哥一同出战,我在此与你压阵。但对敌之际,须要小心。"段虎领命,即偕哥哥一同下城,带领一千精兵,放炮开关,二人一齐冲出,排列长蛇阵势。狄元帅正在催趱众将攻城之际,忽轰然一声炮响,关门大开,冲出一支兵马,蜂拥而来。狄元帅看见冷笑一声,骂道:"好大胆逆贼,敢出关与本帅对敌吗?"金刀一摆,把雄兵阵势排开以待。远远只见旗下少年之将,带兵冲来。元帅正欲纵马挥兵上前,左边忽闪出飞山虎刘庆,说道:"不必劳动元帅,待小将出马擒拿。"元帅见是刘庆上前,便说:"刘兄弟你既去擒贼将,须要小心。"刘将军得令,一马冲出,大喝:"贼将休走,快些通名受死。"段龙、段虎闻言，勒马一看，只见这员宋将，生得身高体壮，脸黑颧高，颔下短短乳须，十分威武，二目圆睁，高声呼喝。段虎大怒，把马一纵，手提狼棍，大喝："宋将休得猖狂，通个名来，待本将军取你首级。"刘庆喝道："贼奴，你须恭听，吾乃大宋天子驾下，官封振国大将军，姓刘名庆，你难道不知？昔年本将军平服西域、边夷各国，均已入贡称臣。你主地处偏隅，乌合之众，妄称国号，不自忖度，又擅敢妄下战书。今日天兵到此，理宜自绑辕门，还敢出关迎敌。你有多大本领，敢与本将军对垒吗？你若晓事，快快下马受死。若再多言，本将军走马横斧，使你尸首不全。"段虎听罢，怒声如雷，骂道："好狂妄匹夫，敢夸口大言。当与你决个雌雄，拼个生死。"持起狼牙棒，拍马上前就打。刘庆急架双斧相迎。二马交锋，只杀得尘土遍野，大雾迷空。大战半日，未分高下。

狄元帅在旗门下，远远观看二将，杀得如虎争餐，如龙取水。说道："好一员年少南将也。"再命擂鼓助威。当下刘庆正在厮杀，忽闻战鼓如雷，便知元帅与他助威，即奋勇争锋，双斧如雪花飞舞。这一刻把段虎杀得两臂酸麻，浑身冷汗，招架不住。刘庆看见段虎棒法混乱，暗暗喜悦：不乘此时立功，更待何时。便把双斧一紧，照定段虎脑顶飞下。段虎连忙往上一架。刘庆又是拦腰一斧。段虎心中慌乱，叫声不好，两膝一夹，把马一纵，又将马头拖转。刘庆大斧早已砍下，竟将马后大腿劈开，筋骨多断了。这马忍痛不住，一跃丈余,又不能走动,把段虎抛在地下。那马缰尚拴系着足,不能逃脱。刘庆一见大喜,纵马上前,想要伤他性命。因为蛮兵弓箭纷纷射住,不获如愿。段龙大惊,忙将马缰割断救去,于是段虎得以不死。两阵遂各自鸣金收兵。段洪因是日兴兵失利,挫折军威,忧忧郁郁,颇为不快,是夜翻来覆去,总不成眠。未至天晓,即起传令,遣先锋花尔能提兵出战,尔能亦自夸武艺冠众,遂领番兵三千,开关门,放大炮,威威武武,跑到宋营,喊杀如雷。宋兵一见,连忙进内通报。元帅闻悉,便问哪一位将军出马?帐中闪出扒山龙张忠,应声:"小将愿往。"元帅说道:"张贤弟须要小心。"张忠得令,下帐提了大刀,上了银鬃马,带一千精兵,一声炮响,冲出营前,列开阵势。花尔能也排开队伍相峙,但见来将威风凛凛,气概昂昂,遂大喝:"宋将何名?"张忠闻言,但见蛮将生得面如朱砂、浓眉怪眼、颏下无须,手执三尖大刀,声如霹雳,喊叫通名。当下张忠说道:"吾乃大宋天子驾下,狄元帅麾下,官居定国将军张忠是也,你这贼奴,亦通下名来。"花尔能道:"本将军乃段元帅麾下正先锋花尔能是也,你若知本将军厉害,快些下马投降,免做刀头之鬼。"张忠听了,大喝道:"休得夸口。"放马过去,提刀当头就砍。花尔能抡三尖大刀,急架相迎。二将杀了五六十合,不分胜败。张忠义愤填膺,大刀砍个不停。花尔能三尖刀招架开。二人再交手一番。这花尔能看看抵挡不住,气喘吁吁,将刀虚晃一晃，带转马头便走。张忠趁势举起大刀照花尔能头上一挥，劈为两段，割了首级。三千南兵，一见大惊，四散奔逃。张忠挥兵追赶，所得干戈器械，不计其数，收兵来到大营下马。小兵收拾兵器，上帐缴令，献上首级。元帅大喜。

斯时败残番兵，逃入关中，报知段元帅，说花先锋阵亡了。段洪闻悉，惊得面如土色，想花尔能素称英雄，今且丧命，以下诸将，可知均非他之敌手。现宋兵逼在关外，日夜攻打，如此猖狂，知城必难保全，以是愁闷，起居不安，饮食俱废，唯时时摇首咨嗟而已。是晚已至夜午，段洪尚未入寝。夫人颇为疑惑，遣丫鬟出中堂打听消息，请老爷进来。丫鬟领命出去。须臾，段洪来至房中。夫人致礼坐下。段洪说道："卿嘱下官进来，有何要事？"夫人说道："妾因近日出兵，未悉胜负，是以心不能安，故请夫君入内一询。"段洪闻言，叹声道："近日交兵两次，均已失败。初阵孩儿段虎险些丧命，二阵先锋被杀。倘此关不能保守，下官必要尽忠了。"

斯时段小姐适侍母侧，闻父言，气得柳眉直竖，杏眼圆睁，便说："爹爹放心，既然宋朝兵将如此猖狂，待孩儿明日出阵，若不将狄青生擒了回关，誓不生立人世。"段洪一闻女儿之言，大怒喝道："胡言妄语，你乃深闺弱女，焉能晓得交锋对垒事情？今出此满口狂妄之言，实为可恼。"说罢，愤怒而出。夫人见此，亦颇闷闷。段小姐对母亲道："母亲放心，女儿虽是闺中弱女,三年前曾得异人传授兵书,上知天文,下察地理,呼风唤雨,腾云驾雾,能知七十二般变化,三十六般阵图。我想宋营不过十万的军兵,何足道哉。母亲若是不信,女儿不妨一试。"即取出小葫芦一个,拿在手中,口念符咒,向空中抛起。只见葫芦内现出一道白光,白光之内,涌出一支人马,三千左右,迎风变化,俱是魁伟大汉,顶盔披甲。小姐将队伍排开,左进右出,把令旗一展,喝声:"听令。"忽闻呐喊,金鼓大振,旗幡展动。把夫人吓得目瞪心惊,忙说:"我儿快把人马收去,娘已看过了。"此时小姐见母亲惊慌,连忙念咒,将葫芦往空中一抛,这三千军士,均向小葫芦进去了。夫人说道:"女儿你既有此手段,果然不惧敌人了。"小姐此时满心欢喜,即跨上桃花马,提了日月刀,说道:"母亲小待片时,待女儿出城,擒几员宋将回来,爹爹方才见我言不谬也。"言罢,将马一拍,架起空中,迎风而去。瞬息间,到了宋营,把怀中的葫芦取出,口念真言,葫芦内一道白光,放出三千军马,列开队伍,旗幡招展,杀气冲天。小姐布置已毕,即驱马至宋营前,大呼讨战。

斯时,元帅正与诸将军论战。忽探子入报,说营外有女将讨战,口出大言,要有名大将出马,方可对敌。元帅闻言沉思,低头不语。诸将看见,均不解其意。尔时,刘庆向前禀道:"女将讨战,元帅何犹豫不决,莫非怕了不成?"元帅道:"上阵交锋,原是男子之事。如有妇女、旁门道术、释教头陀等人出敌，必然全用邪术，或用暗刃伤人。所以本帅正思众将中，无可临敌之人。"刘庆闻言，愤愤不平，说："元帅差矣，你我行伍出身，战过多少将士，会过无数英雄，今朝岂惧一员女将？小将情愿出马，如若不胜，甘当军法。"元帅闻言，便说："刘将军若论你本事，不是低微，莫说一员女将，就是千军万马，亦不怕他。但本帅今所疑者，这女将不是倚仗邪术伤人，定然袖藏暗箭取胜。我想到刘将军平日性子刚强，为人鲁莽，倘若出战，只恐伤于女将之手。你且暂退，待本帅另点别将出战便了。"刘庆闻言，气得浓眉倒竖，怪眼圆睁，大呼："元帅，小将不是贪生畏死之徒，东征北伐，身经百战，今为小小一女将，反用小将不着，小将羞惭死矣。"元帅听罢，知他定要出兵，即发令叮嘱道："刘将军此去，须要小心，万不可藐视。"再令张忠、李义诸兄弟，在后压阵。

刘庆得令，即点领精兵一千，提了双斧，跨马出营。斯时，段小姐正在营前讨战，忽闻炮声隆隆，仰头一望，只见队伍中一员虎将，甚为勇猛。小姐想道：好一员猛将，怪不得爹爹夸奖宋将骁勇，今看他面如黑漆，人高马骏，乃是一条勇汉。若以实力取胜，却也甚难。想罢，即把桃花马拍催，提起日月刀，喝声："来将驻马，我段小姐在此候战久矣，快通名受死。"刘将军见这员女将，颇有英雄气概，年纪不过十六七岁，坐下一匹红花马，使一对银白钢刀，呼叫通名。刘将军听罢，大喝："女将，要问本将军大名吗，说出犹恐你翻下马来。我乃五虎名将,振国大将军刘庆是也。本将军量你一深闺弱女,有何本领,敢大胆出来送死吗?"段小姐闻言冷笑,说道:"你这匹夫,不是我的对手,若知事,快些回营,与主将商议,收兵回去,便算你们造化。倘若仍执迷不悟,必要攻我城池,非但你这匹夫与狄青五人受诛,且十万兵,百员宋将,恐亦尽做刀头之鬼。"刘庆闻此辱骂,怒不可言,拍马上前,把双斧架开,直杀过来。这小姐的神刀亦不弱,举刀相迎。男女二将,一冲一撞,刀斧交锋,叮当响亮。战了一时,不分高下。小姐暗想:若用马上实力交战,终难取胜,莫如佯败施术为妙。即拍马败走,刘庆见了,奋力追赶,未及半里,小姐忽转马头,向怀中取出一条红绒套索,抛在空中,忽见霞光灿烂,索子千条,从顶上落下,将刘庆绑缚跌于马下。张忠、李义在后看见,急拍马向前援救,不料亦皆被妖术绑缚去了。

　　段小姐得了此番大胜,意欲一网打尽宋将,故再来宋营外面,大呼讨战,要狄青临敌。元帅闻报,心中大怒,骂声:"好贱婢,焉敢如此轻战,藐视本帅。今日众兄弟已被擒拿,敢又来逞强,如再让你,誓不为人。你虽有妖术伤人,本帅亦不畏惧,必要拼个死活。"随即单身上马,放炮出营,来至战场。段小姐看见,喝声:"来将驻马,我段小姐候战多时,可通名来。"元帅抬头一看,一员女将,乃是深闺弱女,年纪幼小,料她武艺必然平常,不过全仗邪术伤人耳。随即喝道："吾乃大宋天子驾下征西王征南主帅狄青是也。只因你等叛逆朝廷，擅敢投递战书，本帅今日奉旨征剿。你等若知天命者，早早投降献关。不然，本帅打破城池，可惜满城生灵了。"段小姐不答，双刀便砍。狄元帅大刀一架，振得小姐两臂酸麻，马上乱晃，只得勉强相迎。战不二十合，招架不住，只得虚砍一刀，即飞马逃走，要想败中取胜，向西而逃。狄元帅暗想：这段红玉不是本帅对手，她既败了阵，因何不走本营队伍中？竟向西逃去，定然要用妖魔邪术了。自古道：先下手为强。何不把我的法宝先施？即向怀中取出一物，名为血结玉鸳鸯，此宝狄青在南雁山仙姑洞中所得，凡敌人用什么妖术祭起，放了此宝在盔上，便有霞光灼灼，将妖物打下。倘若祭起空中，金光一冒到敌人身上，即能翻下马来。此时元帅祭起此宝，红玉仍在前跑走，听得后面铃响，知是狄青赶来，暗暗大喜，在豹皮囊中取出金狮一只，此宝不过四两重，乃云中子久炼的一件活宝，若念起真言，便长成二丈高的狮子，吼声如雷，喷出满天烈火，厉害不可挡。幸得狄元帅先抛起玉鸳鸯，不遭此难。此时段红玉正要抛发金狮子，不料半空中金光一道，落将下来，红玉遂翻身坠马，三魂七魄，都吓出去了，还有什么法宝伤人。蛮兵看了，急忙逃散。元帅趁势杀入城中，随即打进囚牢，放出被擒诸将。大获军械财帛，不可胜数。斯时，侬智高闻城已陷，亦自逃脱。大憝已除，天下定矣。狄元帅乃收军回营，张灯作乐,宴赏军官。次日传令班师,三声炮响,众将官拔寨登程,一路上喜气洋洋,手敲金鞍,口唱凯歌,向汴京复命去了。观狄青平南,得胜回朝,何等荣耀光辉。人生在世,岂可不争自励,以期立功阃外,为国御侮,扬眉吐气,流芳百世吗?

八卦阵

国韵小小说

八卦阵

话说大宋时边陲不靖。上年五虎将方才平服西辽，今又报南方侬智高作叛，当时乃仁宗嘉祐四年也。这侬智高本是个无赖小民，初起于广源，后兴兵攻夺交趾，占据昆仑关，僭称南天国王。此次举兵入寇邕州，声势浩大。各州县望风而逃。仁宗天子闻报大惊，即日与龙图阁大学士包拯计议，再召平西王狄青征南，封他为平南大元帅，即日兴师问罪。原来狄青本是一个保国的忠臣，又算当时名将。自从那日领兵赴敌，一连夺取蒙云、芦台二关，真是旗开得胜，马到成功。当日狄元帅吩咐挂榜安民，然后带兵前进。

且说南天王闻报蒙云、芦台二关已失，不觉大惊，说道："宋师厉害，邕州旦夕难保。"当有达摩道人上前说道："大王不必挂怀，那宋朝不过仗着狄青猛勇，据贫道看来，也不稀罕的，且待贫道出兵，定要杀他片甲不回。"蛮王听了大悦道："若得国师出马，何愁不杀退宋兵？"即令设酒饯行。却说这达摩，乃是冒名的，他本是一条大蟒蛇，修炼有千年之久，神通广大，变化无穷，冒了达摩的名字，前来哄骗侬智高作乱，妄说数年后可以夺得大宋的江山。他的法力高强，屡屡获胜，但是伤生太多，上干天怒，后来不免刀下而亡，此皆因自作之孽。闲话且住。

这一日，达摩道人带领雄兵十万，来到芦台关前，三声炮响，安营下寨。狄元帅闻报，说道："正议早日平定南方，今叛军到来，把大军阻挡。"又说："大凡僧道领兵，必有异术，须要小心。"当有穆桂英上前说道："元帅勿忧，妾想邪不胜正，岂惧一妖僧。"当日达摩在关下辱骂不止，穆夫人一马当先，杀入阵中。只见那妖道生得豹头鬼脸，十分凶恶。两下交手有三十多回合，不分胜负，又把法术赛斗了一会。那妖道战得不耐烦了，忽然喷出毒气一口，形如黑烟，腥气难禁。穆夫人正受着他的毒气，自知不好，即借土遁回关。当下狄元帅见那道人厉害，拍马上前接应，也中了他的毒气，打一个寒噤，回马就走。有副帅王怀女见势头不好，忙下令收兵。宋营中将士，中毒而死者，不计其数。狄元帅、穆夫人回到关中，面如黑漆，七窍流血，幸他二人均有半仙之体，用着王禅师所赐的丹丸救活了。

那达摩妖道得胜回营，洋洋得意，连日又在关前骂战。狄元帅下令把关门紧守，又命飞山虎刘庆回朝搬兵。喜得那时狄龙兄弟又在竹枝山招安了二员女将：一名段红玉，一名王兰英，都会腾云驾雾，法力高强。一日段红玉、王兰英与那妖道大杀一阵。那妖道又喷出毒气。他二人腾空闪躲。一对战马，都一跌死了。段红玉在空中暗放一箭，正中那妖道右目，大叫一声，血流如注，乃急急收兵回营。

却说飞山虎刘庆，驾起席云帕，不上三日，已回到汴京。

当日仁宗天子见了那告急本章,大惊道:"南蛮叛逆,有妖道毒气伤人,大军不能进征。这狄青本上,定要一人破那妖道毒气。朕想朝中哪有此法力之人?只恐这战祸没有收拾了。"有包拯出班奏道:"臣想杨家无佞府中,有法力的甚多。若主上命佘太君挑选,必有可往之人。"仁宗听了点头,即书旨一道,命包拯去讫。

却说这日无佞府佘太君,正在叹念老令公去世,八子相继而亡,心中好不悲伤。忽报包公到来。接了圣旨读毕,太君便说道:"吾家只剩得十二个寡妇,都已年迈。就是王怀女、穆桂英,已随狄元帅出征,再有何人可以领得兵的?"包爷说:"老太君,朝廷岂不知府中英雄,均已为国而亡。今只要精于法术者一人,方可破那妖道。望太君挑选一人,勿要推辞。"太君又说道:"大人若不确信老身之言,何不劳步至点将台,便知有人可以去得否?"

当下包公与佘太君一同到了点将台,吩咐擂鼓点将,不到半个时刻,男女众将,个个勇气赳赳,站立两厢。包公两下一看,便说道:"不知哪个是出类拔萃之人?"太君便呼声大人,道:"何不宣传圣旨?或有有本事之人,出来应召,亦未可知。"包公遂大呼道:"你等男女众将听着,老夫奉旨到此,只因狄元帅领兵征南,蛮王差来一妖道,法力高强,还有恶毒伤人,阻住大军,不能前进。今众中男女将士,如有破得妖道者,快来应旨。老夫即日启奏天子,领兵前往……"

言未了,只见女班中有一人应声愿往。包公见那女子,生得奇丑,圆眼浓眉,身材不满三尺。便问道:"你有何韬略,可通名上来。"那女子便呼声大人,道:"奴家乳名它龙女,只因生得丑陋,独任厨中饮食之职责。一日在厨中打睡,梦见灶君老爷,传我腾云土遁之法。又要我将一对火叉,动念真言,飞起即化为火龙,数年后可破妖道。并说我有大贵之命,只要随征南蛮,方可出头。"包公听了,笑道:"你言虽如此,不知法力到底如何?"它龙女道:"奴家一生老实,并无半句谎言。"太君喝声:"贱丫头,你的法术何来?哪有此事?"它龙女说:"太君不信,待奴婢拿取兵器来试看。"言时把身子一闪,就不见了。

且说包公见它龙女借土遁而去,大喜道:"此女果有异术,真是凡人不可貌相。"不一会,它龙女飞跑而至,手拿两把火叉,重有一百四十斤,大呼:"众位有本事的,可来比试。"话犹未了,那男部中闪出一将,大呼:"吾来也。"它龙女见来者是魏化,暗说道:他力能推山,合府中称他第一条好汉,他以猛力为强,我以法术胜他。当下二人战了四十余合。它龙女敌不住他,忙念着咒,左手火叉,腾空而起。魏化也把金头乌一拍,赶在空中。它龙女又抛起右手火叉,化作一条火龙,张牙舞爪,猛地一下扑去。魏化不觉大惊,败将下来。包爷见了,赞叹不已。且说杨金花见它龙斗胜了魏化,拍马上前。包爷把金花小姐一看,虽生得花容月貌,却是气宇轩昂,并不是凡庸之辈。那它龙女见金花来了,忙退了几步,说道:"奴婢不敢与小姐交手。"金花说:"这不相干。"遂一枪刺去。它龙女双叉架过。金花又是一枪。她仍用双叉架过,并不回手。包公与佘太君连声喝住,吩咐二人下马。包爷又言道:"看你等都是可用之材,待老夫明日奏明天子,少不得就要兴师的。"当下包爷大悦,遂辞别太君去了。

到了次日,包公上朝复旨。仁宗天子即封杨金花为主将,它龙女为先锋,魏化为后军都统,点起一万五千人马,即日离了汴京。不上一月,已到了芦台关。但见那蛮兵把关前团团围住,刀枪密布,杀气腾空。原来那达摩妖道,自从那日被段红玉射伤右目,今因好了,复领兵前来,要夺回芦台关。杨金花见了大怒,一马当先,杀入阵中。它龙女、魏化亦随后杀进。妖道闻报大怒,即跨上神兽,来到南城。杨金花见来者是妖道,大喝一声:"怪物,今日天兵到此,还不下马受缚。且你修炼有年,因何逆天妄为。"那妖道听见说他始末根由,勃然大怒,喝声:"贱婢,你有多大前程,敢出此狂妄之言。"恶狠狠一铲打来。杨小姐急架相迎。二人战在一处。按下慢表。

却说这日狄元帅正与副帅王怀女议论军机。忽小兵报道救兵到了,在关外厮杀。狄青即下令大小三军,一齐出敌。当下两面合攻,把蛮兵杀得纷纷坠马。妖道见了大怒,忙跑开几步，不与金花接战，即向怀中取出一巾，丢起空中，一时间昏天黑地，伸手不见五指。他又把手中拂尘一指，只见一团烈火向宋营卷去，个个见了心惊。金花小姐忙射出一弹，名曰开阳弹，登时天色明亮，烈火俱无。道人道："看不出这丫头有此法力，不若如此拿她回营便了。"将身一摇，忽然变一怪物，长有二丈，遍体生鳞，张开血口，舞爪獠牙，向杨金花扑来。它龙女一见，呼声："小姐，待奴婢拿他。"即抛起火叉，化作火龙，比那怪物更大十倍。那怪物见了火龙，不觉大惊，急将毒气喷出。当下狄元帅见了，说："不好了。"岂料火龙口吐赤气，向着毒气打回。这怪物复现人形，说声："不好。"即跨上神兽，向地下钻了进去。

当下狄元帅见那妖道走了，遂下令收兵。请杨小姐入关，狄元帅便开言说道："多蒙小姐不辞跋涉之劳，领兵到此，但是那为先锋的女子，生得身材矮小，外貌不扬，倒看不出她有此法力的。"金花小姐谦逊一番，并说那妖道虽然败去，未必就肯干休，且他的法力不弱，就是他那个坐骑，也知腾云土遁之术，须要摆下一阵，方可捉他。狄元帅称说言之有理，是夜大摆筵席，开怀畅饮而散。

次日，杨金花与狄青同到帅堂，一同坐下。杨小姐便开言道："南蛮叛逆，全仗这妖道取胜，若不除了妖道，南方难以进剿。算来今日乃是黄道日期，正好摆阵将他收服，元帅意下如何？"狄元帅道："小姐法力高强，深明阵法，若能除灭妖道，要算你是第一大功。"狄元帅遂将印令交与小姐，又说道："调兵遣将，一任小姐主持。"当下杨金花接了印令，挑选一万壮男精兵，二百八十四员偏将，二十八名大将，又选了王怀女、穆桂英、段红玉、王兰英、刘庆、它龙女、魏化七人，都是精于法术的，与小姐共成八人，分布八门把守。杨小姐执令一摆，只见一队兵，黄旗黄甲，驻于中央；一队兵，青旗青甲，驻于东方；红旗红甲的一队，驻于南方；白旗白甲的一队，驻于西方；黑旗黑甲的一队，驻于北方……阵分八门，合于八卦方位，阵中又列六十四卦，变化多端，祥瑞冲天。当时穆夫人一看，知女儿摆的乃先天八卦阵。狄青与众将称赞不已。杨小姐又差人下了一战书，激动这妖道前来打阵。

且说妖道打败回营，收集残军，十万兵损了八万，坐在帐中，越想越怒，说道："我的千百年功夫，及不得众丫头，贫道明日再要斗一场法术，若不能取胜，必要往阴山求道兄帮助，他的法力比我高强数倍，倘不肯下山，只要借他的混天囊，将大宋一众狗党收入囊中，方显贫道的手段。"再说这日道人看了战书，大怒，说道："内言十分不逊，今朝定要与众丫头决个雌雄。"吩咐用了战饭，点齐二万兵马，一直喊杀而来。

当下杨小姐见妖道果然到来，说道："妖道今日可擒了。"那妖道一见了八卦阵，也知是厉害：但我法术甚多，难道怕它不成？即领兵向乾门杀入。此门乃王夫人把守，一惊动中央戊巳土,只见黄旗一展,四方黄烟滚滚。蛮兵不见东西,被二十八将杀了一阵。道人带了伤兵败卒,向南方而走。正遇着穆桂英把守坤门,把红旗一展,忽然烈火烧来。蛮兵好不惊慌,道人急忙领兵退出,已烧死许多兵马。此时道人十分愤怒,意欲往东门而逃。此门乃段红玉把守,只见青烟迷途,又不能走出东门。那道人不分南北,门进三重,被二百八十四员偏将,大杀一阵,折兵万余,只剩得数千人马。道人心慌意乱,哪能寻觅得出路,又生出八八六十四卦门。道人说道:"不好了,我也顾不得数千兵马了。"发开神兽,四方驰骤,无奈杀不出八卦门。那领来的蛮兵,都已丧尽了。杨小姐见妖道只剩一人冲杀,把令一展,八门法力将士合为一处,把道人八方截住。杨小姐大喝一声:"妖道休走,今日已罪恶贯盈,休得妄想逃生了。"

却说那妖道祸到临头,尚口出大言,喝声:"贱丫头,你料贫道无能,这小小阵势逃不出吗?"言罢,一铲打来。杨小姐长枪一摆,架开铁铲。当下王夫人、穆桂英等七人,见金花与妖战杀,也一起动手。道人哪里抵挡得住,思量今不逃走,必遭他们的毒手,不若趁早驾云前往阴山,求请道兄来破阵罢。将神兽一拍,腾空而起。八人也腾起空中,围住他厮杀。道人又见逃走不去,心中大怒,把神兽打了三鞭,口吐黑烟,满天乌暗,忽不见了妖道。喜得它龙女飞起火叉,变了火龙,将黑烟吞尽。只见道人已向南坤位而走。穆桂英见妖道冲来，口念真言，掌中五指一放，一声霹雳，将妖道打回阵中。道人见她用五雷法打他回阵，心中慌乱，又喝神兽向地而遁。不想杨小姐早已将周围阵内，指地成钢。神兽钻不进了。道人大叫道："今番性命休矣。"只恨错了主意，不该扶助南王，又不想宋朝有这许多人才，正在懊悔之际。魏化在后猛力一锤，打在神兽身上，大吼一声，把道人掀将下来。王兰英趁势用阴雷一击。道人仰面跌倒在地。王怀女忙向南方念请一声赤帝速临，只见烈火一团，把道人烧作一条蟒蛇，乱跃不止。刘庆飞跑上前，大斧一下，挥为两段。当时杨小姐见诛了妖物，把令旗一招，收了八卦阵，得胜回营。

自破了妖道之后，大军一直进征无阻。不到一月，又破了昆仑关。侬智高自缢，南方遂平。当日狄青奏凯回朝。仁宗大喜，随征将士，俱各加封。唯杨金花、它龙女、魏化三人，初出临阵，即立下大功，圣上非常隆宠：杨金花年少未婚，封英烈少女，一品服色；魏化封忠勇将军，赐婚它龙女；它龙女封安国夫人。

古语云"良禽择木而栖，良臣择主而事"，这句话真是不错的。宋仁宗时候，国势鼎盛，彼妖道不自量度，乃竟助南王以抗宋，宜其身败名裂，不久灭亡也。观其不该扶助南王之言，虽尚知悔悟，惜已经嫌迟了。然则人之稍有一材一艺者，其择主又安可不慎而又慎吗？

女将军

国韵小小说

女将军

人秉天地之气以生。男子得阳刚之气,主治外事;女子得阴柔之气,主治内事。气质不同,事业亦异,然则执戈御侮,正男子之雄图,岂女子所能担负?不知天生豪杰,地聚精灵,有时厚施于女子,因以补男子之穷焉。去钗裙而御甲胄,出闺阃而莅戎行。其克敌制胜之功,亦可与男子比烈,史乘所载,语焉不详。一经说部之传扬,而其事遂胜于牧竖贩夫之口。观于杨家十五女将之平西夏,殆足为女界增辉矣。

话说北宗时西夏达达国王李穆,探知天朝已破大辽,欲兴兵伐宋。左丞柯白仙竭力谏阻。大将殷奇挺身而出曰:"中朝杨六使已死,将士凋残,武备废弛,不乘此时进兵取中原,尚待何时。"原来殷奇善使二柄大杆刀,有万夫不当之勇,更会呼风唤雨,国人惧之,号为殷太岁。部下一将名束天神,亦有妖法,能化四十九个变身,号称黑煞魔君。国王见殷奇等均有异能,当下所言亦颇有理,遂大悦,封殷奇为镇南都总管,牙将束天神为正先锋,汪文、汪虎为副先锋,江蛟为军阵使,统十万大军往雄州进发。

殷奇兵行数日,离雄州十里安营下寨。雄州守将邱谦,令牙将邓文,骑尉赵茂,出城迎敌。败了一阵,赵茂为殷奇射死,邓文逃回城中,与邱谦坚守,令人入汴京求救。真宗令杨令公之孙、杨六使之子、现为京城内外都巡抚、名杨宗保者，为征西招讨使，率领大将呼延显、呼延达、周福、刘闵等，统兵五万。前退番众直抵焦河口，离雄州十五里地面下寨。果然殷奇、束天神妖术厉害，战了数阵，虽杀番将汪文、汪虎，而宋将中折去呼延达、周福、刘闵，未见得胜。殷奇又奏请国王李穆，添兵助战。国王令三太子起兵应之，又向森罗、黑水二国乞师帮助。森罗国王令太子孟辛，长女百花公主，提兵四万。黑水国王令大帅白圣将提兵三万。均从祁州来会，三处兵马均到。森罗、黑水二国先出兵见阵。宗保令呼延显应敌。呼延显战败，折去牙将叶武、张达。宗保大怒，下令各将出兵，与西番决一胜负。殷奇定下计策，诈败佯输，将宗保等诱入金山笼，绝其归路。笼中两壁俱是高山，后无出路。番兵截住笼口。力战不出，幸得将弁刘青，偷出番营，连夜往汴京求救。真宗得报，与众臣商议，因是时国无良将，遂张挂榜文，招募英雄。一时未能发兵前进。

且说当时家将中，先辈俱逝，只有宗保一人。宗保之祖母令婆尚存，此外姑娘、姆婶、妻妹等，能征惯战者，计有一十五人，俱在无佞府内。刘青朝见真宗请兵之后，即退至无佞府，请见令婆，报知宗保被困，朝廷招募往救之事。令婆大惊曰："救兵如救火，吾孙遭困阵中，若待临时招募，岂不误事。"言罢号恸不止。宗保妻穆桂英进曰："令婆勿忧。小妾当部兵救之。"令婆曰："汝一人如何去得？"宗保之姑娘八娘、九妹曰："女孩儿二人，愿相助同往。"令婆未应。宗保姆婶周夫人等齐进曰："既侄儿有难，凭我众人武艺，一齐领兵前往，一则为朝廷出力，二则省令婆烦恼，定要救出宗保也。"

十五女将之姓名：

周夫人　杨大郎渊平之妻，最有智识。

杨八娘　杨宗保之姑娘。

杨九妹　杨宗保之姑娘。

孟四娘　太原孟令公养女，为渊平次妻。有力善战，军中呼为孟四娘。

耿金花　杨二郎延定之妻，善用大刀。

邹兰秀　杨三郎延安之妻，极善枪法。

董月娥　杨四郎延辉之妻，眼力精巧，有百步穿杨之能。

马赛英　杨五郎延德之妻，善运九股索链。

黄琼女　杨六郎延昭之次妻，善使双刀。

重阳女　亦延昭之次妻，善使双刀。

杜夫人　名金娥杨，七郎延嗣之妻。天上荒星降世，向授九华仙人妙法，会灭兵接刃之术，武艺出众，使三口飞刀百发百中，杨府内外皆尊之。

杨七姐　延昭之女，宗保之妹，尚未纳婚。

杨秋菊　延昭之女,宗保之妹,武艺高强,箭法更精。

　　穆桂英　宗保之妻,生有勇力,箭艺极精,曾邀神授三口飞刀,百发百中。

　　单阳公主　北番萧后之女,为破天门阵捉回。

当时令婆闻众人之言,喜曰:"我观汝等同心并力,实堪此行,作速准备,待我入奏朝廷。"次日启奏,真宗大悦,下敕封周夫人上将军之职,部领精兵五万,倍道而进,前往救援。以刘青为前哨,浩浩荡荡,往雄州进发。行了数日,离雄州不远,刘青曰:"近城便是森罗、黑水二国营寨,只好于此屯驻,徐议交锋。"周夫人然其言,下令分作三营。着重阳女、九妹、七姐、黄琼女、单阳公主五人,率兵二万屯左壁。八娘、秋菊、杜夫人、马赛英、耿金花五人,率兵二万屯右壁。自与穆桂英、董月娥、邹兰秀、孟四娘五人,率兵一万屯中壁。吩咐交兵之际,互相救应。重阳女等得令,各分兵屯扎去了。

　　却说消息传入殷奇寨中。三太子曰:"若使救兵慢来十日,宋将皆以授首,雄州破在旦夕。"即召殷奇商议迎敌之策。奇曰:"哨马报知宋人皆是女将主兵,此国无良将可知矣。今彼分作三大营寨屯扎,若只攻一营,则二营必互相就应,须分兵前后。令孟辛、白圣将先战,审其行兵动静,然后以计破之。三太子然其议,即发帖文报知孟辛等。孟辛得令,欢然领诺,整点军马齐备,次日天明于平川旷野列阵邀战。宋左营九妹、七姐出迎。红旗开处,九妹马上指敌将而骂曰:"胡蛮狗类,好好退兵,饶汝一死。不然,诛灭无遗。"孟辛大怒,骤马舞铁锤来战,九妹挺刃迎之。战上数合,孟辛佯输而走,九妹驱兵赶进。百花公主率轻骑从旁截出,与九妹接战数合。百花又败,九妹不舍,勒骑追之。公主俟其来近,取出流星锤,转身一放,正中九妹马上,马负痛,掀跌九妹于阵中。百花公主正待挥刀砍下,不提防杨七姐一矢射来,中其左臂,翻落马下。宋将竞前捉之。孟辛奋力来救。刘青率部兵绕进。森罗国兵大败。孟辛单马走投白圣将营中去了。九妹等乃收军还营,众解百花公主入中营见周夫人。周夫人曰:"且将槛车囚起,候解回京发落。"军校得令,将百花囚起不提。

再说黑水国营出兵索战。周夫人召集二营商议,因问谁出兵迎敌。左营重阳女应声曰:"小将愿往。"周夫人曰:"更得一人副之为美。"中营穆桂英进曰:"妾身相助出敌。"夫人大悦,付兵一万与二人前往。重阳女得令,部兵与桂英扬旗而出。正遇番帅白圣将,挺枪纵骑,直冲宋阵。重阳女举双刀奋勇来迎。两马相交,喊声大振。战了数合,白圣将力怯,拨马便走。孟辛怒曰:"待捉此将,以为吾妹报仇。"举锤拍马,当中截战。穆桂英看见,抽矢弯弓,指定敌将射去,正中心窝,孟辛应弦而倒。宋兵乘势杀进。重阳女赶上,把白圣将一刀砍落马下。番兵杀死一半,其余抛戈弃甲,各走回本国,委弃辎重无数,尽为宋兵搬运而回。

是时宋将连胜二国,消息传入西番营中,三太子大惊曰:"不想女将有如此英雄,一连杀胜二国。汝众人谁敢退敌?"束天神进曰:"殿下勿慌,小可部兵出战,务斩宋将而回。"三太子允行,即付精兵二万。束天神部兵出阵前,勒马横戟大叫曰:"宋将强者来敌,弱者不如暂退。"话声未绝,南阵上旌旗开处,一员女将骤马舞刀来迎,威风凛凛,视之乃右营耿金花也,大骂:"番奴速退,免污吾刀。"束天神举戟迎战。两马交锋,一往一来。不数合,束天神佯败而走。耿金花乘势逼近。天神引得敌兵入阵,念动妖言,狂风拔木,日月无光,半空中魔君无数杀来。金花大惊,勒马回走,宋兵大败一阵,死者无数。天神收兵还营。

耿金花败了一阵,走入军中,见周夫人说知怪异之事。夫人曰:"西方常出妖党,有如此之术,谁敢出兵迎敌?"右营杜夫人进曰:"妾身愿往,擒此妖人。"中营穆桂英亦请同行。周夫人大喜,付兵一万。二人部兵杀出。正遇束天神在阵前扬威索战。杜夫人一骑当先,大骂妖党休走。天神骂曰:"无能之将,尚来寻死耶。"即舞戟纵骑,直冲宋阵。杜夫人挺枪迎战。两下呐喊,二人战上数合。天神又佯败退走,杜夫人追来。天神做起妖法,天昏地暗,狂风怒起,空中四十九个黑煞魔君,各执利刃飞下。宋兵惊慌。杜夫人怒曰:

"汝之邪法,敢在我面前舞弄耶。"即念动九华真人秘诀,一霎时雷声霹雳,满空尽是火球,将魔君悉皆烧绝,天地复明。宋兵倍勇如潮进。天神气势颓败,慌张无计,正待吐气逃走。穆桂英抛起飞刀,斩落阵内。所部番兵,屠戮殆尽。桂英欲乘势攻入番垒。杜夫人曰:"且回兵,与主帅商议进取。"遂收兵而回。

是日天神败兵走报三太子。三太子顿足惊曰:"天神有如此善战之术,尚死于宋家女将,正所谓勇将不离阵上亡也,令人何以为计?"殷奇曰:"太子勿虑,犹有正营军马未动。明日保着殿下,与宋人决一胜负。"太子依其议,下令部落倾壁而出。周夫人听得番营悉众出战,聚集女将议曰:"胜败在此一举,可先令刘青入金山笼报知宗保,约定明日从内攻出,方好调遣。"刘青应命而去。周夫人唤过黄琼女曰:"汝引步兵一万,与彼交战,引敌入至雄州城下,吾自有兵接应。"黄琼女领计去了。又唤过董月娥曰:"汝领马军五千,与邹兰秀于城边两旁埋伏,信炮一起,乘势杀出。"董月娥、邹兰秀亦领计而去。又唤过马赛英曰:"汝引轻骑五千,各带火具,候交兵之际,焚其营寨。"赛英承命而行。又令杜夫人、穆桂英、杨秋菊等率后军接应。周夫人分拨已定,各自整顿,预备来日大战不提。

次日鼓罢三通,两军齐出。黄琼女勒马阵前索战。西阵殷奇一骑先出,手执大杆刀,大叫:"宋将速退,尚保残生,若来强战,管教汝片甲不回。"黄琼女怒曰:"汝之狗类,已被吾军屠戮殆尽,尚敢口出大言耶。"即舞刀与殷奇交战。两下金鼓齐鸣,喊声大振。黄琼女诈败而走,殷奇驱众追来,将近城濠,宋营中信炮并起,董月娥、邹兰秀二支伏兵齐起,万弩俱发,番众溃败。殷奇知有埋伏,勒马杀回,正遇宋人接应兵到。穆桂英从中杀进,冲开番阵。三太子之众,各不相顾。赛英轻兵,已出其阵后,放起烈火。霎时间烟焰涨天,满营皆着。番骑报道宋兵已焚寨壁,三太子惊得魂飞魄散,弃敌而逃。殷奇见势不利,口念邪偈,怀中取出聚兽牌,往空敲动。忽一声震烈,四下黑雾中涌出一群猛兽,尽是豺狼虎豹,冲入阵中。宋军个个失色,各自逃生。杜夫人望见宋阵披靡,即念起真言,满空中火焰齐下,将猛兽烧得四分五裂。番众倒戈弃甲而去。殷奇拼死突出重围,正走之际,杨秋菊一箭当弦,正射中殷奇左眼,落马而死。是时金山笼杨宗保等,望见火起。刘青引兵杀出。呼延显鼓勇争先,恰遇江蛟,交马只一合刺于马下。穆桂英、黄琼女二骑,直进金山脚下,与宗保合兵一处,乘势追赶,杀得番众尸横遍野,血流成渠,夺获牛马辎重,不计其数,宋军大胜而回。

  周夫人收回众军。城中已开门迎接。周夫人以军马屯扎城下,自与宗保入府中相会。宗保拜曰:"不是姆婶、姑娘等齐心克敌,宗保几至颠危,此一回足洗失败之辱矣。"周夫人曰:"圣上闻侄被困,无人押兵赴救,令婆忧闷终日,我等只得前来就应。不意剿尽敌兵也。"宗保曰："机会难再,此去西番连州城,数日程途,莫若乘此破竹之势,直捣其境,擒取国王以献,千载之遇,不可失也。"周夫人曰："阃外之事,君命有所不受,但可利于国者,行之无妨。吾意正待如此。"即下令进兵以取连州城。众人得令,各整备起行。次日大军遂往连州而进。

西番大败后。三太子往僻路走回,奏知国王李穆:殷元帅并二国借兵,尽被中国女将剿灭殆尽,即日人马长驱来取连州。国王听罢,神魂飞坠,拍案悔曰："不听柯丞相之言,致有今日之祸。"言甫毕,忽传报宋兵将连州城围绕三匝,水泄不通。国王下令部落婴城坚守。与文武商议迎敌之际,柯白仙奏曰："宋兵声势甚盛,西国大将尽皆授首。今日哪个敢再战?"王未应,忽珠帘后一人进曰："女儿愿部众以退宋兵。"众视之,乃王长女金花公主也。王曰："恐汝不是宋人之敌。"公主曰："女儿幼年曾学武艺,若与交锋,自有方略破之。"王允奏,付兵二万,令公主开城出战。

翌日公主部众出战,正遇宋女将杨九妹。两阵相对,公主谓曰："宋兵不识时势,深入吾地,作速退去,免遭屠戮。"九妹怒曰："该死之贼,犹不归降,敢来争锋耶。"即舞刀跃马,直奔番阵。公主举枪迎战。两骑相交,二人斗经数合。九妹刀法渐乱,败阵而走。公主奋勇追来。城上喊声大振。杨七姐看见公主追逼九妹紧急,弯弓一矢射去,金花一命归阴。宋兵竞进，番众死者无数，只走得一半入城。国王仓皇无措，寝食俱废。

越二日，宋兵攻城危急，武将张荣奏曰："主公勿忧，城中兵马尚有四万，粮草可应一年，且宋兵虽盛，远来运饷不给。臣愿率所部出城一战，若使能退，则主上之福，若不能胜，君臣婴城而守，亦长计也。"王允奏，即令张荣出兵。张荣羌族人，极有勇力，使一柄大杆刀，入阵如飞，军中号为铁臂将。是日，领了主命，次早率众二万出城迎敌。南阵中有一女将当先出马，乃单阳公主也，大叫："番狗尚不献城，犹来抗敌耶。"张荣更不答话，舞刀纵骑来迎。两马相交，战上数合。张荣佯输绕城而走。单阳公主尽力追之。张荣较其手段，转身一刀砍下。公主眼快，侧面躲过，其马跌倒在地。却得杜夫人连忙撤起飞刀，看正张荣一砍，中其左肋，死于马下。番兵被杀无数，乞降之声，震动原野。此杨家女将互相就应之能也。

其时，番众于城上望见张荣战死，报入城内。国王忧愤无地，欲为自尽之计，左丞柯白仙奏曰："宋君宽仁大度，降者无不应爵，抗者自取灭戮。今宋兵坚屯城下，成败已分。主上何不遣使纳降，献上图籍，连年献出贡物，尚不失为一国之主，此则大计也。如何欲效女儿之态，自经沟渎，以取笑于外国乎。乞我主审焉。"国王沉吟半晌，乃曰："宋连当隆，依卿所奏。"即令城头竖起降旗。次日，遣人呈纳降文书,诣宋营报递。周夫人正坐帐中,与众将商议西番来降之事。忽有人报番主遣使在外。宗保令人唤入,番使进帐,呈上文书,说知其主纳降之意。宗保犹豫未决。邓文进曰:"西番乃遐荒之地,取之无用,且众类顽皮,难供使令,元帅正宜允其降,以彰柔远之德。"周夫人然其议。批回来书与使人,回奏达达国王。国王大喜,次日,亲率文武官来降。宗保先进,见西夏君臣拜伏道旁。宗保敬他一国之主,扶起,并辔入宫中。部落各备香花灯烛迎候。国王端立于庭阶请罪。宗保曰:"吾主上仁爱圣君,今既归降,若使倾心不贰,必不失旧封矣。"国王称谢。是日,宫中大开筵宴。周夫人率十四员女将,并部尉继入。国王拜见毕。周夫人慰谕亦厚。众将依次而坐。宫中大吹大擂,番官进食,番女奏乐,众人尽欢而饮夜深乃散。宗保安营于城中。周夫人等屯扎于城外。又越数日,旁境皆宁。宗保乃议班师,报与各营知道。众军得令,准备起行。国王送宗保真犀带二条,珍珠奇异之物无数。宗保只受其带,余物留以进主。乃令将阵上所捉将帅,一并送还,唯有百花公主解入中国。是日,中军离了连州。西夏君臣,送出十里之外而别。班师将士,分作前后队而回。

　　行程数日,望汴京不远。真宗已闻捷音,先着柴郡王及一派文臣出郭迎接。宗保望见柴王到来,先下马问候。柴王近前,手携上马,并辔入城。翌日,乃朝见真宗。真宗面慰之曰："卿为朕远涉风尘，成功不易。"宗保顿首奏曰："臣赖陛下洪福，平定西夏，取其舆图以献。"龙颜大悦，以所献俘俱发无佞府处置，因谓侍臣曰："杨门女将，俱有功于朝廷，朕当论功升赏，以旌其忠。"柴王曰："此国家之盛典，理合颁行。"帝遂下敕，加封杨宗保上柱国大将军，呼延显等俱封兴禁节度使，周夫人封忠国副将军，八娘、九妹等俱封翊运副将军。仍令在公主内庭，设大宴犒赏征西将士。诏旨既下，杨宗保等再拜受命。是日，依班列坐，君臣尽欢而散。次早，宗保谢恩，回无佞府，与周夫人等参见令婆，令婆不胜欢喜，遂以百花公主配与杨文广为室，时文广一十五岁也。吩咐设庆贺筵席，与媳妇、女儿等解甲，众人依次坐饮，至夜分乃散。综览杨家十五女将之战绩，不独救回宗保，且能奋其忠谋，削平西夏，为女英雄之特色哉。

潞安州

国韵小小说

潞安州

话说古时北边地方，有一个夷狄之国，叫作女真，到了宋朝徽宗年间，渐渐地强大起来。那国王完颜乌骨达，自称大金皇帝，一心要想谋夺宋室江山。有一年，差了个军师哈迷蚩，到中原探听消息。这哈迷蚩足智多谋，非常狡猾。一日探听回来，奏知国王道："臣到中原，探悉那老南蛮皇帝，已让位与小皇钦宗。这小皇帝自即位以来，不理朝政，专听那些奸臣用事，贬斥忠良，兼之关塞上并无好汉保守。狼主要夺中原，只消发兵前去，包能一鼓成功。"国王闻奏大喜，便择了吉日，封四太子兀术为昌平王扫南大元帅，带领精兵五十万，以及军师、参谋、大小将军等，直往中原进发。真个是人如恶虎，马似游龙，旌旗蔽日，金鼓喧天。在路行了一月有余，已到了南朝地界的潞安州了。

这潞安州乃是由北往南的第一个关口。镇守此关的节度使，姓陆名登，表字子敬。夫人谢氏，膝下只有一子，年方三岁。这陆节度绰号小诸葛，手下有五千多兵，乃是宋朝名将。一日正坐公堂，忽有探子来报道："启上大老爷，不好了。今有大金国主帅完颜兀术，带领五十万人马，来犯本州。离此只有百里之遥了。"陆节度听了，大吃一惊，便赏了探子，吩咐再去打听。即时，令旗牌官出去，把城外百姓，尽行收拾进城居住，将房屋统统拆毁，以免被番兵占住，等太平后照式造还。又令各营将士，上城坚守。又差旗牌到铺中，给偿官价，收买斗锅。每一个城垛，安放一只，命木匠做成木盖盖了。又令打起粪桶一千个，桶内满装人粪。一面水关下了千斤闸。又在库中取出铜铁，令工匠打造铁钩，缚在网上。又在城内取了数千桶年久之粪，放在城上锅内煎熬，以便番兵到城时，即可泼下，番兵若沾着了此熬过之粪，即时烂死。晚上将钩网张在城上，以防番兵扒城。料理已毕。然后修了一道表章，往京告急。又恐汴京救兵来迟，失了潞安。遂另修两道文书，一道与两狼关总兵韩世忠，一道与河间府太守张叔夜，求他两人发兵前来相助。三路差人，均星夜出城去了。

　　且说那兀术领了兵，一路滚滚而来。看看已到了潞安州，便离城五十里下寨。陆登在城上，望见番兵果然厉害：满天生怪雾，遍地起黄沙。既闻那扑通通鼍鼓声敲，又听得呼呜呜胡笳乱响。东南上千条钢鞭、铁棍、狼牙棒；西北里万道银锤、画戟、虎头牌。来一阵，蓝青脸、朱红发、翻唇露齿，真个奇形怪状；过两队，擂锤头、板刷眉、环睛暴眼，果然恶貌狰狞。波斯帽、牛皮甲，脑后插双双雉尾；乌号弓、雕翎箭，马颈挂累累毛缨。旗幡杂错，难分赤白青黄；兵器纵横，哪辨刀枪剑戟。真个滚滚征尘随地起，腾腾杀气盖天来。城上那些兵将见了，好不惧怕。有的要乘其初到，出去杀他一阵。陆登道："不可。彼兵锐气正盛，只宜坚守，静候救兵到来再处。"众将士遵令，各自防守去了。

那兀术安营之后，即问军师道："这潞安州是何人把守？"哈迷蚩道："这里节度使叫陆登，绰号小诸葛，极善用兵的。"兀术道："他是个忠臣还是奸臣？"哈迷蚩道："是宋朝第一个忠臣。"兀术道："既如此，待我去会会他。"随即传令点起五千人马，同着军师出了营门。众番兵吹起喇叭，打着皮鼓，直到城下。陆登吩咐军士好生看守城池，待他出去接战，便提枪上马。开了城门，放下吊桥，一声炮响，匹马单枪，来到阵前。兀术见有人来，便大叫道："来者莫非就是陆登吗？"陆登道："然也。"那兀术把陆登一看，但见他头戴大红结顶赤铜盔，身穿连环锁子黄金甲，走兽壶中箭比蝗，飞鱼袋内弓如月，真个英雄气象，盖世无双，人才出众，豪杰第一。兀术暗想：果然中原人物，与众不同。便开口叫声："陆将军，我领兵五十万，要进中原去取宋朝天下，这潞安州乃是第一个所在，久闻得将军是一条好汉，特来相劝，若肯归降了我国，就官封王位，不知将军意下如何？"陆登道："你乃何人？快通名来。"兀术道："我乃大金国狼主殿前四太子，官拜昌平王扫南大元帅完颜兀术的便是。"陆登大喝一声："休得胡说。古来天下有南北之分，各守疆界，我主仁德远布，存尔丑类，尔等不思静守臣节，反提无名之师，犯我边疆，劳我师旅，是何道理。"兀术道："将军之言差矣。自古道:天下者非一人之天下,唯有德者居之。今宋朝皇帝肆行无道,去贤用奸,大兴土木,民怨天愁。因此我主兴仁义之师,救百姓于倒悬。将军及早应天顺人,不失封侯之位。倘若执迷,恐你小小城池,经不起我军攻打。那时玉石不分,岂不悔之晚矣。"陆登大怒喝道:"好奴才,胆敢口出狂言,看枪吧。""咚"的一枪,往兀术刺来。兀术举起金雀斧,躲开枪,回斧就砍。两个斧来枪往,战有五六个回合。陆登看看招架不住,只得带转马头就走。兀术恐有埋伏,不敢追赶,便收兵回营去了。

那陆登进了城,对众将道:"这兀术果然厉害,你等可用心坚守,切勿轻觑了他。"众将答应一声。次日,兀术又到城下讨战。城上即将免战牌挂起,随你叫骂,总不出战。守了半个多月,兀术心焦起来,便令造了许多云梯,着三元帅奇温铁木真,领兵五千,带了云梯去扒城。兀术自领大军为后队。那小番来到城边,偷渡了城河,挂起云梯,一齐扒上城去。刚要到了,忽听得城上一声炮响,打出粪来,这些小番沾着了粪,个个翻落云梯跌死。兀术见此计不行,便与军师商议道:"白日扒城,他有防备,且待黑夜里去,看他怎样。"算计已定,到了黄昏时候,仍旧领兵五千,照前扒上城去。兀术见城上并无灯火,小番俱已扒进城垛,不觉心中大喜,向军师道:"这遭必得潞安州了。"说还未了,只听得城上一声炮响,霎时间灯球火把,照得如同白日,把那小番的头,尽皆抛下城来。兀术见了大惊,急向军师道:"怎么这些兵都被他杀了,却是何故?"哈迷蚩道:"连臣也不解其意。"原来那城上是将竹子撑着丝网,网上尽承着倒须钩,平平撑在城上,悬空张着。那些扒城番兵,暗里看不明白,都踹在网上,所以尽被杀了。

兀术见此城攻打了四十余日,不得成功,反伤了许多军士,心中十分烦恼。哈迷蚩因劝兀术出营打围,借此散闷。兀术依允,点起兵士,带了鹰犬,往茂林深处而来。远远望见一个汉子,向林中躲去。军师便向兀术道:"这林中有奸细。"兀术便命小番将那人捉来问道:"你是哪里来的奸细?快快说来,若有半句支吾,看刀伺候。"那人连忙叩头说道:"小人实是良民,并非奸细,只因出关来买些货物,适逢王爷大军在此,故将货物寄在行家,小人躲避在外。今闻大王军法森严,不许取民间一草一木,小人得这个消息,要到行家取货物去。不知王爷驾来,回避不及,求王爷饶命。"兀术道:"既是百姓,饶你去吧。"军师忙叫主公:"他必是个奸细,若是百姓,见了狼主必然惊慌,不能说话。今看他对答如流,毫无惧色,百姓绝无如此大胆,不如且带他回营,细问情由,再行定夺。"兀术称是,便吩咐小番先带了那人回营,随即打了会儿围。回到大营,取出那人细细盘问。那人照前说了一遍,一字不改。兀术向军师道:"他真是百姓,放了他去吧。"军师道:"既要放他,也须将他身上搜一搜。"遂亲自走下来，叫小番将他身上细细收检，并无一物，军师将那人兜屁股一脚，喝声"去吧"。不期后边滚出一件东西。军师道："这就是奸细带的书。"兀术道："这是什么书？为何这般的？"军师道："这叫作蜡丸书。"遂拔出小刀，将那蜡丸破开，见果有一团纸在内。却是两狼关总兵韩世忠寄予陆登的书，上说有汴京节度孙浩，奉旨领兵前来助守关隘，若孙浩出战，不可助阵，他乃张邦昌心腹，须要防他反复，即死于番军，亦不足惜。今特差赵得胜达知，伏乞明照不宣。兀术看了书，对军师道："这封书没甚要紧。"军师道："狼主不知，这书虽然平淡，内中却有机密。譬如孙浩提兵前来与狼主交战，若是陆登领兵助阵，只消暗暗发兵一支，就可前去抢城。倘陆登得了此书，不出来助阵，此城何日得破？且待臣照样刻起他的印来，套他笔迹，写一封书，教他助阵，引得他出来，便将他重重围住，一面差人领兵抢城，事必成矣。"兀术听了大喜，便令其快快打点，又命把奸细砍了。军师道："这个奸细不可杀他，臣自有用处，赏了臣吧。"兀术道："军师要他，领去便了。"

到了次日，哈迷蚩已将蜡丸书做好。兀术便问："谁人敢去下书？"问了数声，没人答应。哈迷蚩道："做奸细须要随机应变，既无人去，待臣亲自去走一遭吧，倘然有甚差池，只求狼主照顾臣的后代罢了。"兀术道："军师放心前去，但愿事成，功劳不小。"当时哈迷蚩扮作赵得胜模样，藏了蜡丸，辞了兀术。出营来到吊桥边，轻轻叫城上放下吊桥，有机密事进城。陆登见是一人，便叫放下吊桥，哈迷蚩过了桥，又道："快开城门，放我进来好说话。"城上军士道："自然放你进来。"一面说，一面坠了一个大筐下来，叫哈迷蚩坐在筐内，哈迷蚩无奈，只得依从。军士把筐扯至将近城垛，就悬空挂着。陆登问道："你叫甚名字？奉何人使令？可有文书？"那哈迷蚩虽然学得一口中国语，也曾到中国做过几次奸细，却不曾见过今日这般光景，只得说道："小人叫作赵得胜，奉两狼关总兵韩大老爷之命，有书在此。"陆登暗想：韩元帅那边，原有个赵得胜，但不曾见过。便问道："你既在韩元帅麾下，可晓得元帅在何处得功，做到元帅之职？"哈迷蚩道："我家老爷同张叔夜招安了水浒寨中好汉得功，钦命镇守两狼关。"又问夫人何氏？哈迷蚩道："我家夫人，非别人可比，现掌五军都督印，哪一个不晓得梁氏夫人？"陆登道："什么出身？"哈迷蚩道："小的不敢说。"又问道："可有公子？"答道"有两位"。陆登道："叫甚名字，多大年纪了？"哈迷蚩回道："大公子名尚德，十五岁了。二公子名彦直，只有三四岁。"陆登道："果然不差，将书取来我看。"哈迷蚩道："放小人上城，方好送书。"陆登道："且待我看了书，再放你上来不迟。"哈迷蚩到此地步，无可奈何，只得将蜡丸呈上。你道哈迷蚩怎么晓得韩元帅家中之事，陆登盘他不倒，原来他拿住了赵得胜，一夜里已问得明明白白了。

当下陆登剖开蜡丸，取出细看，暗想：孙浩是奸臣门下，怎么反叫我去助他？况且我去助阵，倘兀术分兵前来抢城，怎生抵挡？正在疑惑，忽闻一阵羊臊气。便问家将道："今日你们吃羊肉吗？"家将禀道："小人们并不曾吃羊肉。"陆登再将书细细观看，又放在鼻边闻了一闻。哈哈大笑道："若不是这一阵臊气，几乎被他瞒过了，你这臊奴，把这样机关来哄我，怎能出得我手。快快从实讲来，若在番邦有些名目的，本都院放你去。倘是无名小卒，要你也无用，不如杀了。"哈迷蚩想这人果然是名不虚传。便笑道："明知山有虎，故作采樵人。因你城池固守难攻，故用此计。我乃大金国军师哈迷蚩也。"陆登道："我也闻得番邦有一个哈迷蚩，就是你吗？你每每私进中原，探听消息，以致犯我边界。我今若杀了你，恐天下人笑我怕你计策，若就是这样放你回去，你下次再来做细作，如何认识？"便吩咐家将把他鼻子割了，将筐篮放下城来。哈迷蚩得了性命，飞奔回营。兀术见他浑身血染，问道："军师为何如此？"哈迷蚩将陆登识破之事，说了一遍。兀术大怒道："军师且回后营将息，待我与你拿那陆登报仇便了。"哈迷蚩谢了兀术，回后营将养了半月，伤痕已愈，做了一个瘪鼻子，来见兀术，商议要抢潞安州水关，点起一千余人，等至黄昏，悄悄来到水关，一齐下水。谁知水关上将网拦住，网上尽是铜铃。番兵碰着网，铜铃响处，挠钩齐下，俱被拿住斩首。号令在城上。那岸上番兵看见，报与兀术。兀术无奈，只得收兵回营，与军师议道："此人机谋果然厉害，我今番只索自去抢那水关，若然失手死于水内，尔等便收兵回国罢了。"

次日晚间，兀术自领一千人马，来到城下。兀术先下水去，将头钻进水关来，果然撞在网里，上面铜铃一响，城上听见，忙要收网。却被兀术用刀割断，跳上岸来，举斧砍死宋军，奔到城门边，砍断门闩，打去了锁，开了城门，放下吊桥，吹动胡笳。外面小番接应。却好这一日陆登回衙去了，无人阻挡。番兵遂一拥进城。陆登在衙闻报，忙对夫人说道："此城已失，我焉能得生，自然为国尽忠了。"夫人道："君尽忠妾当尽节。"乃指着公子向乳母道："我与老爷死后，只有这点骨血，你肯与我抚养成人，接续陆氏香火，就是我陆氏的大恩人了。"吩咐毕，步入后堂，自刎而死，陆登见夫人已死，大叫数声"罢了"，亦拔剑自刎。那尸身却峥然直立，并不跌倒。一众家丁便趁此各自逃生。那乳母亦正待要走，忽见兀术已骑马进门，慌忙躲在大门背后。兀术下了马，走上堂来，见一人手执利剑，昂然而立。兀术大喝一声："你是何人，照斧吧。"见不发声，走上前仔细一看，认得是陆登，已经自刎，倒吃了一惊。暗想：哪有人死了不倒之理。遂把斧插在阶下，提剑走入后堂，见并无一人，只有一个妇人尸首，横倒在地，再往后头各处看了一回，亦无人迹，复回到堂上。只见陆登尸首，仍然立着。兀术道："我晓得了，敢是怕我进来伤害你的百姓,故立着吗?"说还未毕,只见哈迷蚩已进来了,向兀术道:"臣闻得狼主在此,特来保驾。"兀术道:"来得甚好,与我传令出去,叫大军穿城而过,寻一个大地方安营,不许动民间一草一木,违令者斩。"哈迷蚩领命,传令出去。兀术道:"陆先生,我并不伤你一个百姓,你放心倒了吧。"说毕又不见倒,兀术又道:"是了,那后堂的女尸,敢是先生的夫人,为夫尽节而亡,如今我将你夫妻合葬在大路口,使过往之人,晓得忠臣节妇之名如何?"说了依然不倒,兀术又道:"是了,我闻得当年楚霸王自刎,直到汉王下拜,方才跌倒。今陆先生乃是个忠臣,我就拜你几拜何妨。"兀术便拜了又拜,终不见倒。兀术道:"这也奇了。"就拖过一把椅子来坐下,思其缘故。忽有一个小番,一手拿住一个妇人,一手抱着个小孩子,来禀道:"这妇人抱着这孩子在门背后吃奶,被小的拿来,请狼主发落。"兀术便问妇人:"你是何人?抱的孩子是你甚人?"乳母哭道:"这是陆老爷的公子,小妇人便是这公子的乳母。可怜老爷、夫人为国尽忠,只有这点骨血,求大王饶了吧。"兀术听了,不觉眼中流下泪来道:"原来为此。"便向陆登的尸身道:"陆先生,我决不绝你后代,把你之子抚为己子,送往本国,就着这乳母抚养,直待长大成人,承你之姓,接你香火。如何?"话尚未毕,只见陆登身子,扑地便倒。兀术大喜,就将公子抱在怀中。却值哈迷蚩进来看见,便问这孩子哪里来的。兀术将前事细说一遍。哈迷蚩道:"这孩子既是陆登之子,乞赐予臣,去断送了他,以报割鼻之仇。"兀术道:"此乃各为其主。譬如你拿住个奸细,也不肯轻放他。我不过敬他是个忠臣罢了。"遂差一军官带领军士五百名,护送公子并乳母回转本邦,一面命人收拾陆登夫妇尸体,合葬在城中高阜,着番将哈利苏镇守潞安州。料理已毕,便率领大军,攻往两狼关去了。

青龙山

国韵小小说

青龙山

话说宋朝自徽、钦二宗被金人掳去,国中无主,康王赵构遂即位金陵,即是高宗皇帝,召集四方勤王兵马,以图恢复。各处节度总兵闻此消息,俱来护驾。当时有一位清官汤阴县徐仁,听见新君即位,即凑足了一千担粮草,亲自解到金陵,送交元帅王渊。王元帅偶然想起汤阴县有个岳飞,才兼文武,如得此人出来,何难退金兵而扶王室。即同了徐仁入朝见驾,保奏岳飞。高宗闻奏,便道:"当年岳飞枪挑小梁王,散了武场,又协同宗留守除了金刀王善,果有大功。朕久已晓得。今正可聘他前来,同扶社稷。徐卿可代朕一行。"随即发了诏书一道,并聘岳飞的礼物,交与徐仁,又赐了徐仁御酒三杯。徐仁吃了,谢恩出朝,一径回汤阴县来。

徐仁既至汤阴,便带领众衙役,抬了礼物,来到岳家叩门。岳飞开门出看,认得是徐县主,就请进中堂。徐仁便叫:"贤契快来接旨。"岳飞便打一躬道:"老大人,上皇少帝俱已北狩,未知此是何人之旨?说明了岳飞才敢接。"徐仁道:"贤契,你还不知吗?目今九殿下康王泥马渡江,即位金陵,这就是大宋新君的圣旨。"岳飞听了大喜,慌忙跪下。徐仁开读圣旨,读毕,交与岳飞。岳飞双手接来,供在中央。徐仁道:"军情紧急,今日就要起身。我在此相等,贤契可将家事料理料理。"岳飞道:"既是圣旨,怎敢延迟。"说罢,便将聘礼收进后堂,请母亲出来坐了。李氏夫人侍立在旁。岳飞跪禀母亲道:"当今九殿下康王在南京即位,特赐金帛,命徐县尊前来宣召孩儿赴阙,今日就要起身,特此拜别。"岳母道:"但愿你此去为国家出力,休恋家乡,得你尽忠报国,名垂青史,吾愿足矣。切记切记,不可有忘。"岳飞道:"谨遵慈命。"说毕,立起身来,向李氏夫人道:"我本是孤身,并无兄弟,如今为国远去,老母在堂,娘子须要代我孝养侍奉,儿子年幼,必当教训成人,使我无内顾之忧,可以一心报国。"李氏夫人道:"这都是妾身分内之事,何必嘱咐,官人只管放心前去,不必挂怀。"那徐仁在外,听得这一番话,叹道:"难得他一门忠孝,新主可谓得人,中兴有日也。"就吩咐从人,将岳飞衣甲放在马上,兵器物件,叫人挑了。岳飞拜别母亲、妻子,走出门来。但见徐县主一手牵着马,一手执着鞭道:"请贤契上马。"岳飞道:"恩师,门生怎敢当此。"徐仁道:"贤契不要看轻了,当今天子本要亲来征聘,只因初登大位,不能远出,故在殿上赐我御酒三杯,明我代劳。贤契不必谦逊。"岳飞只得告罪上马,县主随在后边。正待起行,忽见岳云赶来,跪在马前道:"孩儿在馆中,听得人说,县主奉旨来聘爹爹,故特赶来送行。请问爹爹往何处去?做什么事?"岳飞道:"为父的因你年幼,故不来唤你,你今既来,我有几句话吩咐你:今为父的蒙新君召去杀鞑子,保江山,你在家中,须要孝顺婆婆,敬奉母亲,照管弟妹,用心读书。牢记牢记。"岳云道:"谨遵父命,但是这些鞑子不要杀完了。"岳飞道:"这是为何?"岳云道:"留一半与孩儿杀杀。"岳飞喝道:"胡说,快些回去。"岳云到底是个孩子,并不留恋,磕了一个头,起来舞舞跳跳地回去了。这里徐仁走了几步,叫声:"贤契先请前进,我回县收拾收拾就来。"岳飞道:"恩师请便。"徐仁别了,自回县中,料理事毕,飞马赶上岳飞,一同进京。一日到了金陵,一齐在午门候旨。黄门官奏过天子。高宗传旨,宣召上殿。徐仁引岳飞陛见缴旨。高宗道:"有劳贤卿了,特赐金帛彩缎,仍回汤阴县理事,不日再加升擢。"徐仁谢恩退朝,自回汤阴县去了。

　　高宗见了岳飞,十分欢喜,即日封为总制。岳飞谢恩毕。高宗便取出亲手画的五幅大像,与岳飞一幅一幅看过。高宗道:"此乃是金国粘罕兄弟五人的像,卿可细细认看,倘若相逢,不可放过。"岳飞道:"臣领旨。"高宗又道:"现今大元帅张所掌握天下兵权,卿可到他营前效用。"岳飞谢恩,辞驾出朝,来到帅府,参见了元帅。张所见了岳飞,好生欢喜,次日就令岳飞往教场中去挑选兵马,充作先行。岳飞领令,就去挑选,选来选去,只选了六百名,来见元帅。元帅道:"我的营中也去挑选些。"岳飞又去选了二百名,共八百名,来禀元帅。元帅道:"难道一千人也挑不足吗?"岳飞道:"就是八百吧。"元帅遂令岳飞作第一队先行,再问:"哪一位为第二队救应?"连问几声,无人答应。元帅道:"若都贪生怕死,朝廷便无人出力了,待我点名叫去,看他怎样躲过。"便叫山东节度使刘豫,刘豫答道"有"。元帅道:"你带领本部人马为二队先行,本帅亲率大军随后就到。"刘豫无奈,只得勉强领令,即去整顿人马。到了次日,张所率领岳飞、刘豫入朝辞驾,恰有巡城指挥来奏,今有强盗来抢仪凤门,声声要岳飞出阵,请旨定夺。高宗闻奏,就令岳飞擒贼复旨。岳飞领旨,辞驾出城,来到阵前。只见许多喽啰手中拿着的多是些锄头铁搭,木棍面刀,乱哄哄的不成模样。岳飞大喝一声:"哪里来的毛贼?快快来认岳飞。"喝声未了,只见对阵跑出一马,马上坐着一个强人,生得青面獠牙,十分凶恶,坐了一匹青鬃马,手舞狼牙棒。出到阵前,大叫一声:"岳大哥,小弟特来寻你挈带。"岳飞上前一认,却原来是吉青。岳飞骂道:"狗强盗,你甘心为贼,还来怎么。快与我拿下。"吉青跳下马来道:"不要动手,只管来拿。"军士即将吉青拿下。吉青遂命所领之众好好散去,各安生业。众人谢恩而去。岳飞带了吉青进城,上殿见驾,奏道:"臣已拿住强盗,现在午门外候旨。"高宗命推上殿来。羽林军将吉青推上金阶。吉青大叫:"万岁爷,小人不是强盗,是岳飞的义弟,特来寻他,与国家出力的。"高宗见了他这般形象像个英雄,便问岳飞:"果是你的义弟吗?"岳飞奏道:"虽是结义兄弟,但是所为不肖,已与他划地绝交的了。"高宗道:"朕看他也是一条好汉，况当今用人之时，可赦其小过，以待将来立功赎罪。"便传旨放绑，封为副都统之职，拨在岳飞营前效用，有功之日，再加升赏。吉青谢恩毕。岳飞辞驾出朝，引吉青来见了元帅。元帅即令岳飞领兵先行为第一队，刘豫领本部兵五千为第二队，元帅自领大军十万在后接应。

时金将兀术驻兵河间府，闻报康王在金陵即位，用张所为天下大元帅，聚兵拒敌，不觉大怒。即令金牙忽、银牙忽，各领兵五千为先锋，又请大元帅同先文郎、大王兄粘罕率领众平章，带兵十万，杀奔金陵而来。

且说岳飞同吉青带领八百兵丁一路行来，不一日已至一山，名八盘山。岳飞一面吩咐众兵丁驻扎，一面细细察看。对吉青道："真是一座好山。"吉青道："大哥要买他做风水吗？"岳飞道："兄弟好痴话，愚兄看这座山势，甚是曲折，若得番兵到此，我兵虽少，可以成功也。"吉青道："原来为此。"正说之间，忽见探军来报道："有番兵前队已到此了。"岳飞举手向天道："此乃我皇上洪福也。"遂令众兵丁俱用强弓硬弩在南边埋伏，令吉青前去引战："只许败，不许胜，引他进山来，为兄的在此接应。"吉青听令，遂略带些人马，前来迎战。那番兵见吉青不上几十个人，俱各大笑。吉青纵马上前。金牙忽、银牙忽道："我只道这南蛮是三头六臂，原来是这样的贼型。"吉青抡起棒来便打。金牙忽举刀招架。战不上三合，吉青暗想道：大哥原叫我败进山去的。遂把狼牙棒虚晃一晃，回马就走。两员番将带领三军随后赶来。两边埋伏军士一起发箭，把番兵截住大半，首尾不能相顾。金牙忽恰待转身寻路，忽听得大喝一声："番贼哪里走！"岳飞在此，摆动手中沥泉枪，迎着金牙忽厮杀。银牙忽上前帮助，吉青回马转来敌住。两军呐喊，山谷应声，有如雷轰。金牙忽不知宋兵有几百万，心上着忙，手中刀略一松，被岳飞一枪刺中心窝，翻身落马。银牙忽吃了一惊，被吉青一棒把个天灵盖打得粉碎。八百兵丁一起动手杀死番兵三千余人，其余都逃去报信。岳飞取了两个番将的首级，收拾旗鼓、马匹、兵器等物，命吉青解送刘豫军前，转送大营去报功。

　　行了数日，又至一山名为青龙山。岳飞左顾右盼，吩咐将人马驻扎，对吉青道："这座山比八盘山更好，为兄的在此扎营，意欲等候番兵到来杀他一个片甲不回。你可去见刘豫，说我要借口袋四百个，火药一百担，挠钩二百杆，并火箭、火炮等物，前来应用。"吉青领命，来到刘豫营中，见了刘豫，备述要借口袋等物。刘豫道："本营哪有此物？你且回去，待我到元帅大营中去取了送来便了。"吉青听了，自去回复岳飞。哪知刘豫一面将岳飞之功冒去，一面差人往大营取齐了应用之物，送到前营。岳飞收了，遂分拨二百人马，在山前将枯草铺在地上，洒上火药，暗暗传下号令，炮响为号，一齐放箭。又拨一百兵在右边山涧水口，将口袋满装沙土，做坝阻水，待番兵到来，即将口袋扯起，放水淹他。若逃过山涧，自有石壁阻住去路，绝往夹山道而走。遂拨兵一百名在上边堆积乱石，打将下来，叫他无处逃生。又令吉青领二百人马，埋伏在山后，擒拿逃走番兵，如见一个面如黄土骑黄骠马，用流星锤的就是粘罕，务要擒住，不可有违。吉青领命而去。岳飞自带二百兵，在山顶摇旗呐喊，专等金兵到来。

那日大元帅张所独坐后营，正在筹划退敌之策，只见中军胡先密禀道："今日刘豫差官来取口袋火药等件，不知何用？小官细想，岳统制头队在前，未曾败绩。怎么二队反杀败了番兵，得了头功？其中必有情弊，倘若有冒功等事，岂不使英雄气短，谁肯替国家出力？因此特来请令，待小官扮作兽医，前去探听消息，不知元帅意下如何？"元帅听了大喜道："本帅也在此想，正欲查究，得你前去探听甚好。"胡先领命出营，扮作兽医，混过刘营，一路来到青龙山，已近黄昏，悄悄行至半山，见一大树，他便爬上树顶。远远望去，但见番兵漫山遍野而来，如同蝼蚁一般。胡先好不着急，想那岳统制只有八百人马，怎么迎敌，决定要败了。

再说粘罕带领十万人马，往金陵进发，途遇败兵，报说有个岳南蛮，杀了两个元帅，五千兵死了一大半，伤者不计其数。粘罕听了大怒，催动大军下来。忽有探军报道："启上狼主，前面山顶上有南蛮扎营，请令定夺。"粘罕道："既有南蛮阻路，今日天色已晚，且扎下营，到明日开兵。"一声炮响，番兵安营驻扎。这里青龙山上岳飞，见粘罕安营，不来抢山,倘到明日,彼众我寡,难以抵敌。想了一想,便叫二百兵丁在此守着,不可乱动,待我去引他们来受死,遂拍马下山,摇手中枪往着番营杀去。那胡先在树上见了,倒吓得一身冷汗,暗想道:这岳统制如此忠勇,真是个舍身为国之人。

且说那岳飞一马冲入番营,高叫宋朝岳飞来踹营了,骑着马,马又高大,挺着枪,枪又精奇,逢人便挑,遇马就刺,耀武扬威,如入无人之境。小番慌忙报入牛皮帐中。粘罕大怒,上马提锤,率领平章、元帅、众校尉一齐涌上来将岳飞围住。这岳飞哪里在心上,奋起神威,便枪挑剑砍,杀得尸堆满地,血流成河,暗想道:此番已激动他的怒气,不若败出去,赚他赶来。便把沥泉枪一摆,喝道:"进得来,出得去,才为好汉。"两腿把马一夹,冲出番营而去。粘罕大怒道:"哪有这等事,一个南蛮,拿他不住,如何进得中原。必要踏平此山,方泄吾恨。"就引大军呐喊追来。岳飞回头看见,暗暗欢喜道:"贼奴,这遭中我之计了。"连忙走马上山。半山里树顶上胡先看见岳统制败回,后边漫天盖地的番兵赶来,吹起胡笳好似涨潮浪涌,敲动驼鼓犹如霹雳雷霆,想道:这番败了,不独他没了命,我胡先也要死了。正在着急,忽听一声炮响,震得山摇地动,几乎跌下树来。那番兵也有跌下马来的,也有惊倒的。两边伏兵,把火炮、火箭打将下来,烧着枯草,火药发作。一霎时烈焰腾空,烟雾乱滚,烧得那些番兵番将,两目难开,喧喧嚷嚷,自相践踏,人撞马,马撞人,各自逃命。众平章保着粘罕从小路逃生，却见一条山涧阻路，粘罕叫小番探那涧水深浅。小番探得明白，说有三尺来深。粘罕遂吩咐三军渡水过去。众军闻言，尽向涧水中走去，也有许多向涧边吃水的。粘罕催动人马渡涧，但见满涧尽是番兵。忽听得一声响亮，犹如半天中塌了天河，那水势凭空倒将下来，但见滴溜溜人随水滚，呼啦啦马逐波流。粘罕大惊，慌忙下令，别寻路径。那些番兵个个魂飞胆丧，尽往谷口逃生。粘罕也顾不得众平章了，跟了同先文郎拍马往谷口寻路。只见前面的平章叫道："狼主，前面谷口都有山峰拦住，无路可通。"粘罕道："如此说来，我等性命休矣。"内中有一个平章用手指道："这面却有一条小路，不管它通不通，且走去再看。"粘罕道："慌不择路，只要有路就走。"遂同众兵将一起从夹山道而行，行不多路。那山上军士听得下边人马走动，一起把石块飞蝗似的打将下来。打得番兵头开脑裂，尸积如山。同先文郎保着粘罕拼命逃出谷口，却是一条大路，这时已是五更时分了，粘罕出得夹山道，不觉仰天大笑。同先文郎道："如此吃亏，怎么狼主反笑起来，却是为何？"粘罕道："不笑别的，我笑那岳南蛮虽会用兵，到底平常，若在此处埋伏一军，某家插翅也难飞了。"话尚未毕，只听得一声炮响，火把灯笼，照耀如同白日。火光中一将生得面如蓝靛，发似朱砂，手舞狼牙棒，跃马高叫："吉青在此，快快下马受死。"粘罕对同先文郎道："岳南蛮果然厉害，某家今日死于此地了。"说罢，不觉眼中流下泪来。同先文郎道："都是狼主自家笑出来的，如今事已急了，臣有一个金蝉脱壳之计在此，只要狼主肯照看臣的后代。"粘罕道："这个自然，计将安出？"同先文郎道："狼主可将马匹衣甲与臣调换了，一起冲出，那吉青看见，必然认臣是狼主，与臣交战，若南蛮本事有限，臣保狼主逃生，倘若他本事高强，被他捉去，狼主可觑便脱离此难。"粘罕道："此计甚妙，只是难为你了。"二人商量已定，忙换了衣甲马匹，一起冲出。

那吉青看见同先文郎这般打扮，果然认作是粘罕，便举起棒打来。同先文郎提锤招架，战不上几合，早被吉青一把抓住，活擒过去了。粘罕带了败兵，拼命夺路而逃。这里吉青赶了一程，拿了同先文郎回来报功。那胡先在树顶上蹲了一夜，看得明白，暗暗称赞不绝，慢慢地溜下树来，自回营中报与张元帅去了。

再说岳飞听说吉青擒了粘罕，命推上来一看。便向吉青道："你中了他金蝉脱壳之计了。"乃向同先文郎道："你是何人？快快招来。"同先文郎说明姓名官职。岳飞便差人解予刘豫，转往大营报功。不想那刘豫又要冒第二次功劳。大元帅大怒，与胡先计议，想差人去杀刘豫，以正军法。早有人报与刘豫知晓，那刘豫便放了同先文郎，投降番邦去了。大元帅便将岳飞等功劳，记在功劳簿上，并犒赏三军，一路提兵前进。

栖梧山

国韵小小说

栖梧山

却说宋朝高宗年间,汝南有曹成、曹亮兄弟二人,聚众谋叛,势甚猖獗,已被他们夺了茶陵关。高宗降旨,命大元帅岳飞前去征剿。岳飞奉旨后,即命牛皋带领本部人马为先锋,自己统率大军在后。不一日,牛皋兵至茶陵关,扎下营寨,天色尚早,吩咐军士,抢了他的关进去吃饭。众兵答应一声,齐到关前呐喊。忽听得一声炮响,关门大开,冲出一支人马,只有五百多人。为首一员步将,身长丈二,使一条铁棍,飞舞而来。牛皋见他满面乌黑,就哈哈大笑道:"你这个人,好像我的儿子。"那将大怒,也不回言,提棍便打。牛皋举锏招架。马步相交,锏棍并举,战不到十几合,牛皋招架不住,回马便走。军士见主将败下来,连忙一起开弓,射住阵脚。那将见了,也不追赶,就领兵进关。牛皋回头一看,且喜三军俱在,忙将营寨移在旁侧驻扎。

过了两日,岳飞大军已到。牛皋上前迎接。岳飞问道:"你先到此,可曾会战?"牛皋道:"前日会了一员步将,不肯通名,又不肯与我交战。想是与元帅有什么仇隙,所以要待元帅兵到,方来交战。"岳飞听了,微微一笑,情知他打了败仗,便问怎么样一个人。牛皋道:"是一个身长黑大汉子,用一条铁棍,却不骑马,是员步将。"岳飞听罢,吩咐下营安歇,当日无话。

次日，岳飞升帐道："今日哪位将军前去打关？"旁边闪过张立道："昨日听得牛将军说那员步将形状，好似末将兄弟一般，待末将出去会他一会，看是如何。"岳飞依言，便命张立出马。看官，你道这张立是谁，待在下来把他的历史略述几句，诸君看了，就可明白了。

原来这张立乃是已故河间府节度使张叔夜的大公子。自从那年金兀术兴兵入寇，连破潞安州、两狼关，势如破竹，直抵河间。叔夜知难守御，不得已开城诈降，以保全百姓。他的二位公子张立、张用，不知其父用意，以为真个降贼，兄弟便私下商议，去杀番兵，如不能胜，再往别处，及至杀入番营，那番兵数十万，如蜂似蚁地围上来，将二人截在两处。他二人虽是勇猛，到底寡不敌众，看看愈杀愈多，只得各自打开条血路而走，兄弟就此失散。后来张立却投在岳飞麾下。这日领兵至关前讨战，那守将出关迎敌。张立仔细一看，果然是兄弟。张用见来者非别，乃是哥哥。两人各自会意，假战了三四个回合。张立虚打一棍，落荒而逃。张用随后赶来。到了僻静之处，张立转身叫声："兄弟，你怎么得在此地？"张用道："我自与哥哥分散之后，不知哥哥下落，无处存身，在此投了曹成。封我为茶陵关总兵之职。哥哥何不也归降此处？既得手足完聚，又可同享富贵，岂不是好？"张立道："兄弟之言差矣。我二人因昔日不肯降金，故此瞒了父母，逃走出来。今曹成、曹亮，也不过是个叛国草寇。目下宋康王在金陵即位，名正言顺，况且岳元帅足智多谋，兵精粮足，此关焉能保得？一旦有失，悔之晚矣。"张用道："既如此，吾明日献关与哥哥吧。"张立道："如此甚好。"二人回至关前，又假战数合，遂各自收兵。张立将兄弟相会之事，细细禀知元帅。元帅大喜。到了次日，张用迎岳元帅大军进关。安营已毕，元帅上了二人首功。一面修本奏闻，保举他兄弟为统制之职，又差人催运粮草，准备去抢栖梧山。一日，岳飞问张用道："你既在此为官，可知那曹成、曹亮用兵如何？"张用道："他二人皆庸碌之辈，不足为患。只有这栖梧山上伪元帅何元庆，有万夫不当之勇，元帅须要防备着他。"岳飞听了，心中暗喜。过了几日，各处粮草解到，岳飞遂派人守住茶陵关，起兵往栖梧山而去。

这栖梧山离茶陵关没有多远，不久即到。岳飞吩咐离山十里安营，亲至山下讨战。何元庆闻报，披挂下山。岳飞见他头戴烂银盔，身披金锁甲，手拿两柄银锤，坐下一匹白马，威风凛凛，相貌堂堂。心中暗想：若得此人归顺，何愁二圣不还？便开口问道："来者莫非何元庆乎？"元庆道："然也。你可就是岳飞吗？"岳飞道："既知我名，何不投降？"元庆道："我闻你兵下太湖，收服杨虎、余化龙，果然是员名将，本帅久欲投降，奈我手下有两员家将不肯，故而中止。"岳飞道："凡为将者，君命且不受，哪有反被家将牵制之理？亏你说得出来，岂不可耻。"元庆道："你不知我这两员家将，非比别个,自幼跟随着我,不肯寸步相离,我亦不能一刻离他,所以如此。"岳飞道:"你那两个家将是何等样人,可叫他出来,待本帅认他一认,劝他归顺何如?"元庆道:"我那个家将,有万夫不当之勇,恐他未必肯听你的话。"岳飞道:"你且叫他出来。"元庆道:"你必要见他,休得害怕。"便将手中两柄银锤一摆,叫声:"岳飞!这就是我两个家将。你只问他肯降不肯降?"岳飞大怒道:"好匹夫。百万金兵,闻我之名,尚且望风而逃,岂惧你这草寇。本帅见你是条好汉,不能弃暗投明,反去扶助叛逆,故此好言相劝,怎敢在本帅面前摇唇弄舌?不要走!看本帅的枪吧。"说毕提枪便刺。元庆举锤相迎道:"岳飞,休得逞能。你果能擒得我去,我就降你,倘若不能,恐这锤不认得人,有伤贵体,那时懊悔迟矣。"岳飞道:"何元庆,你不要夸口。敢与本帅战一百合吗?"元庆道:"就是再添一百合,也不惧你。"两个便搭上手,枪挑锤,好似狻猊舞爪;锤架枪,浑如狮子摇头。这一场大战,真个是棋逢敌手,将遇良才,直战到未刻时分,不分胜败。元庆把锤架住了枪道:"明日再与你战吧。"岳飞道:"也罢,且让你多活一宵,明日早来领死。"两下便鸣金收兵,各自回营去了。

且说岳飞回至营中坐定,对众将道:"我看何元庆未定输赢,忽然收兵,今晚必来劫寨。汤怀兄弟可引本部军士,在大营门首,开掘陷坑,上盖浮土。张显、孟邦杰二弟,可各领挠钩手,尽穿皂服,埋伏于陷坑左右。如拿住了何元庆,不许伤他性命,违则定按军法。"三将领令,各去行事。又令牛皋、董先各带兵一千,在中途埋伏,截住他归路,须要生擒,不准害他性命。二将也领令去了。然后岳飞自把中军移屯后面。到了二更天气,果然不出岳飞所料,那何元庆带领一千喽啰,悄悄下山来劫寨,看看将近营门,一声号炮,霎时灯球火把,照耀如同白日。何元庆一马当先,呐喊一声,冲入宋营。只听得宋营中一声炮响,元庆连人带马,跌入陷坑。右有张显,左有孟邦杰,带领三军,一齐上前,把元庆用挠钩搭起,拿绳索来绑住。那些喽啰,见主帅被擒,各自转身逃走。正遇董先、牛皋拦住去路,大叫:"休放走了何元庆。"众喽啰一齐跪下道:"主帅已被擒去,望老爷们饶命。"牛皋道:"既如此,随俺们转去,如欲走回去的,须要留下头来。"众喽啰齐声道:"情愿归降。"牛皋、董先带了降兵,回至大营门首。等候天明,岳元帅升帐,众将参谒已毕。张、孟二将,将何元庆绑来缴令。牛皋、董先亦来缴令。刀斧手将何元庆推至帐前,立而不跪。岳飞赔着笑脸道:"大丈夫一言为定,今请将军归顺宋朝,当无异说。"元庆道:"此乃是我贪功,反坠了你的奸计,要杀就杀,岂肯服你。"岳飞道:"这有何难,吩咐放了绑,交还了何将军马匹双锤,并本部降兵。再去整兵来战。"左右领令,一一交清。元庆也不说什么,带了喽啰,竟自回山,心中却好生恼怒:不想中了岳飞奸计,反被他取笑一番,我必须设计拿住这厮,方出得胸中之气。如今且把何元庆思量报仇之事,暂行搁起,再说那岳元帅一边的事。

次日,岳飞升帐,唤过张用问道:"那栖梧山可有别路通得吗?"张用道:"后山有一条小路,可以上去,只是隔着一溪涧水,虽不甚深,路狭难走。"岳飞道:"既有此路,吾计成矣。"遂命张用、张显、陶进、贾俊、王信、王义,带领步兵三千,每人准备叉袋一口,装实沙土,身边暗带火药。到二更时分,将沙袋填入山溪,暗渡过去,取栖梧山后,杀入寨中,放火为号。六将领令而去。又暗写二个柬帖:一个付与杨虎、阮良;一个付与耿明初、耿明达,嘱咐照柬行事。四个水将,亦领令而去。正是:计就月中擒玉兔,谋成日里捉金乌。

岳飞分拨已定,忽报何元庆在营前讨战,就带领兵将,放炮出营。两军相对,射住阵脚。岳飞道:"何将军,今日好见个高低了。"元庆道:"大刀阔斧奇男子,今日与你战个你死我活,才得住手。"岳飞道:"我若添一个小卒帮助,也不算好汉,放马来吧。"元庆拍马提锤就打。岳飞举枪照架。元庆这两柄锤,盘头护顶,拦马遮人,一派银光皎洁。岳飞那一条枪,右挑左拨,劈面分心,浑如蛟舞龙飞。两个直杀到天色将晚,并不见个输赢。岳飞把枪架住双锤,叫声:"何将军,天色已晚,你若是喜夜战,便叫军士点起灯球火把,战到天明。若然辛苦,回去将养精神,明日再来。"元庆大怒道:"岳飞休得口出大言,我与你战个三昼夜。"遂各令军士点起灯球火把，三军呐喊，战鼓忙催，重新一场夜战，杀至三更将近。只听得栖梧山众喽兵呐喊，火光冲天。岳飞把马一提，跳出圈子，叫声："何元庆，你山上火起了，快快回去救火。"元庆回头一看，果然满山通红，心里吃了一惊，又听得一班宋将齐声高叫道："元帅爷趁此机会，拿这狗头。"岳飞道："不可。何将军快些回去。"元庆转马便走，走不多路，山上喽兵，纷纷地败下山来报道："茶陵关张用，带领人马，从后山杀上来，四面放火，夺了山寨。小人们抵敌不住，只得逃下山来。"元庆咬牙切齿，大骂张用这丧心奸贼："与你何仇，抢我山寨，叫我何处安身。"众头目道："山寨已失，后面又有岳飞兵阻，不如且回汝南，奏闻大王，再发倾国之兵，前来报仇。何如？"元庆道："说得有理。"就带了众军士，拨转马头，往汝南大路进发。

行至天明，元庆叫声苦道："吾死于此矣。这一条大桥，是谁折断了，此处又无船只，叫我怎生过去？"众喽兵见了，正在着急，忽听得一声炮响，水面上撑出一队小船来，俱是四桨双橹，刀枪耀目。前面两只船头上，站着杨虎、阮良，各执兵器，高声叫道："何将军！我奉元帅将令，在此等候多时，邀请将军同保宋室江山，快请下船。"众喽兵惊得魂飞魄散，何元庆也不答话，拨马便走。直至白龙江口，众喽兵一看。但见白荡荡一片大江，并无船只可渡，又听得后面宋兵追声已近。元庆道："既不能过江，不如杀转去，与岳飞拼了命吧。"军士用手指道："这小港内不是两只渔船吗？"元庆照着手指看去，果见有两只渔船，停在港内，便一马跑上来叫道："渔翁快来救我，我乃栖梧山上大元帅何元庆，渡了我过去，重重谢你。"年长的一个渔翁听了，忙把船撑出港，又用手招那同伙道："兄弟，快把船驶来，是何老爷在此。"两只小船，一同撑至沙滩，叫声："何老爷，快请上船来。"元庆道："你这小船，怎渡得我的马？"渔翁道："老爷坐在小人船上，把这两柄锤，放在小人的兄弟船上。老爷身体重大，这江水不是儿戏的，哪里还顾得马。"元庆只得下船，把锤放在那只船上。刚刚撑得船离岸，岳元帅的追兵，已经赶到。那些众头目齐齐跪下，情愿投降。元庆看了，十分凄楚，暗想：我幸亏遇着渔翁相救，得以不死，只是可惜了我的马，被他们拿去了。

  元庆正在可惜自己的马，忽见放锤的那只船，又摇到岸边去，忙问道："渔翁，你兄弟的船，为何摇向那边去了？"渔翁道："啊呀，不好了。我这兄弟是好赌的，他看见老爷这两柄锤，是银子打的，便起不良之心，将锤拐去了。"元庆道："你快叫他转来，我多将金帛赏他。"渔翁道："老爷差了，他现的不取，反来取你赊的。"元庆道："如此说，是你与他同谋的了。"渔翁道："什么同谋，老实对你说吧，我哪里是什么渔人，乃是当今天子驾前都统制将军耿明初，这个兄弟耿明达是也，奉岳元帅将令，转来拿你的。"元庆闻言，立起身来打渔翁。这耿明初一个翻身,滚落江中去了。元庆站在船中,心内想道:如今怎么处?正在无可如何,那耿明初在水底下钻出头来,叫声:"何元庆,下来吧。"把船一扳,船底朝天。元庆落水,被耿明初一把擒住,提到岸上,用绳绑了,解到元帅马前。岳飞见了,连忙下马,吩咐放绑,便道:"本帅有罪了,不知将军今番还有何说?"元庆道:"这些诡计,何足道哉,要杀就杀,决不服你。"岳飞道:"既如此,吾叫左右交还将军锤马,快请回去,再整大军来决战。"元庆也不答应,竟提锤上马而去。众将好生不服,便问道:"元帅两次不杀何元庆,却是为何?"岳飞道:"列位贤弟不知,昔日诸葛武侯七纵孟获,南蛮永不复反。今本帅不杀何元庆,要他心悦诚服来降耳。汤怀兄弟,你可如此如此……"汤怀领令而去。

却说何元庆来到江口,既羞且恼,又无船只,暗想:曹成也不是岳飞的对手,真个无路可投,不如自尽了吧。正欲拔剑自刎,只见宋将汤怀,匹马空身,飞奔而来道:"岳元帅挂念将军,命小将来远送,请将军暂停鞭镫,待小将准备船只,送将军过江。"正说间,又见后面牛皋带领兵卒,扛抬食物赶来道:"奉岳元帅将令,道何将军辛苦,诚恐受饿,特备蔬饭,请将军聊以充饥。"元庆泣道:"岳元帅如此待我,不由我不降也。"遂同了汤怀、牛皋,来至岳飞马前跪下,口称:"罪将该死,蒙元帅两番不杀之恩,今情愿归降。"岳飞下马,用手相扶道:"将军何出此言,贤臣择主而事,大丈夫正在立功之际,请将军同保宋室江山,迎还二圣,名垂竹帛也。"遂叫左右取副衣甲,与元庆换了,所有栖梧山降兵,仍拨与元庆部领。大军即日回至茶陵关驻扎。岳飞备办酒席,与元庆结为兄弟,合营庆贺。一面申奏朝廷,养兵息马,又差人探听曹成消息。过了几时,报有圣旨下来。岳飞带领众将,出关接旨,迎到堂上开读。原来为湖广洞庭湖水寇杨么猖獗,特调岳飞移兵征剿。岳飞接旨后,送出钦差,恰好探子回报,探得汝南曹成、曹亮,领兵逃去,不知下落。岳飞便问元庆道:"何将军,那二曹不知往何处避去?"元庆道:"他兄弟胆量甚小,闻末将归降,故而站身不住,他有许多亲眷,多在湘湖豫直等处,占据山寨做贼,必然投奔那边去了。"岳飞道:"量这曹成兄弟不足为患。"遂传令大军,一齐拔寨,往湖广进发,往征杨么去了。

挑滑车

国韵小小说

挑滑车

话说宋高宗被金兵围困牛头山,十分危急,幸有元帅岳飞,率兵前来保驾。奈金兵甚众,一时尚难杀出。一日,岳飞升帐,对众将道:"三军未发,粮草先行。目今交兵之际,粮草要紧,但山下有金兵阻路,如何出得他营盘。哪一位将军,有此大胆,敢领本帅之令,前往相州催粮。"当有牛皋上前道:"末将敢去。"元帅道:"你的本事,怎能出得番营?"牛皋道:"元帅休得长他人志气,这些毛贼,怕他怎的。小将若出不得番营,愿纳下这颗首级。"元帅道:"既如此,今有令箭一支,文书一封,限你四日夜到相州,小心前去。"牛皋得令,将文书藏在怀中,把令箭插在飞鱼袋内,上马提锏,独自一个跑下山来。跑到粘罕(金将名)的营前,大叫一声:"快些让路!好让老爷去催粮。"就舞动双锏,蹿进营来,逢人便打。众番兵见他来得凶,慌忙报知粘罕道:"山下有个黑炭团,杀进营来。"粘罕大怒,拿了溜金棍,上马来迎,刚刚碰着牛皋,一连七八锏,粘罕招架不住,往斜刺里便走,却被牛皋冲出后营,到相州去了。

牛皋到了相州,径至节度使辕门下马,大声叫道:"快些通报,说岳元帅差牛皋有紧急军情求见。"传宣进内禀知刘都院,传令进见。牛皋来至大堂,跪下道:"都爷快看文书。"刘光世看了文书道:"这是朝廷大事,谁敢迟延。"传令准备粮草,至二更时分,俱已端正,一面点兵三千护送。刘都院一夜不曾睡着。刚刚天亮,牛皋早已上堂来催促。刘都院道:"军粮已完备,有道表章,烦你带去,外有书一封,候你家元帅的。"牛皋收了表章书信,叩头辞别,上马便行。这日正行间,忽然大雨下来,要寻个地方躲雨。望见前面有一带红墙,以为是个庙宇,忙忙催动人马,赶快进内躲避。到门口一望,原来并非庙宇,却是一座王殿。牛皋也不管他,命军士把粮车一齐推进殿内。当时有值殿家将,进内报知主人说:"不知何处人马,推着许多粮车,在殿上喧哗,特来报知。"那主人名叫郑怀,闻报道:"哪有这样?先王御赐的地方,谁敢来糟蹋?"便提了大棍,走到殿前,大喝道:"何处野贼?敢来这里讨野火吃。"牛皋见来得凶,只道是抢粮的,不问情由,举起锏来就打。郑怀抡棍招架。不上四五个回合,被郑怀拦腰只一把,把牛皋擒住,走进里面厅上,叫家人绑了,推至面前喝道:"你是何方草寇?敢来糟蹋王殿。"牛皋道:"我叫牛皋。奉岳元帅将令,催粮上牛头山保驾。在此躲雨,你敢拿我吗?"郑怀道:"原来是牛将军。"慌忙来解了绑,扶牛皋中间坐了,请罪道:"小弟乃汝南王郑恩后裔,名唤郑怀,久慕将军大名,今日愿拜将军为兄,同上牛头山保驾立功,未知将军能俯允否?"牛皋道:"我本是不愿,见你本领也好,还有些情重,且认你为弟吧。只是肚中饥了,且收拾些酒饭来,我吃了,好同你去。"郑怀道："这个自然。"一面收拾行李，吃完了酒饭，就同了牛皋起身。这日，行至一座山边。忽听得一棒锣响，拥出五六百喽啰，为首一员少将，身骑白马，手提银枪，口中大叫："会事的留下粮车，放你过去。"牛皋大怒，方欲出马。只见郑怀早已上前，举棍便打。那将抡枪就刺。二人大战三十多合，不分胜负。牛皋暗想：我与郑怀战不上三四合，就被他拿了，如今他两个战了三十多合，尚无胜败，好个对手。就拍马上前叫道："你们且住手，我有话说。"那将收了枪道："你有何话，快快说来。"牛皋道："俺非别人，乃岳元帅的好友牛皋。我看你年纪虽小，武艺倒好。"那将听了道："原来是牛将军，何不早说。"遂弃枪下马道："将军若不见弃，愿拜为兄，同往岳元帅麾下效用。"牛皋道："这才是个好汉，但不知你姓甚名谁？"那将道："小弟乃东正王之后，姓张名奎。"牛皋道："既如此，军粮要紧，速即收拾同行。"张奎就请牛、郑二人上山，结为兄弟，一面准备酒席，一面收拾粮草，合兵同行。

一日来至一个地方。军士报说："前面有四五千人马驻扎营盘，不知是何处兵马？特来报知。"牛皋同了郑怀、张奎，看那后生，生得身长八尺，头戴金盔，身穿金甲，坐下青鬃马，手提一杆錾金虎头枪。见了牛皋，便喝道："你可就是牛皋吗？"牛皋道："老爷便是，你是什么人？敢来阻我粮草。"那人道："你休要问我，只与你战三百合，就放你过去。"

郑怀大怒，举棍向前便打。那将架开棍，一连几枪，打得郑怀浑身是汗，气喘吁吁。张奎把银枪一摆，上来助战。战了二十余合，牛皋见二人招架不住，举锏也来助战。三个战一个，还不是那将的对手，正在慌忙。那将把马一提，跳出圈子，叫声："且歇。"三人收住了兵器。那将下马道："小将非别人，乃开平王之后，姓高名宠。目下见朝廷被困牛头山，奉母命前来保驾。今日幸得相会，特来献献武艺。"牛皋大喜，叫声："好兄弟，你既有这般本领，就做我哥哥也好，何不早说？"当时就与高宠并了队伍，在营中结为兄弟。高宠就在前面开路，牛皋同郑怀、张奎押后，催兵前进，往牛头山进发。

且说兀术大军已到，粘罕接进。兀术道："既是康王同岳飞在山上，我只分兵困住此山，绝了他的粮草，怕不饿死。"遂分拨众狼主四方八面驻扎大营。六七十万人军，团团围住牛头山，水泄不通。岳飞闻报，好不心焦。

却说牛皋等在路上，非只一日。刚到牛头山，高宠望见番营，连绵十余里，便向牛皋道："小弟在前，冲开营盘。兄长保住粮草，一齐杀入。"牛皋便叫郑怀、张奎左右辅翼，自己押后。高宠一马当先，大叫："高将军来踹营了！"拍马挺枪，冲入番营，远者枪挑，近者鞭打，如同砍瓜切菜一般，打开一条血路。左有张奎，右有郑怀，两条枪棍，犹如双龙搅海。牛皋在后，舞动双锏，犹如猛虎搜山。那些番兵番将，哪里抵挡得住，大喊一声，四下里各自逃生。兀术忙差四个元帅，一个叫金花骨都，一个叫银花骨都，一个铜花骨都，一个铁花骨都，各使兵器，上前迎敌。被高宠一枪，一个翻下马去了；第二枪，一个跌下地来；第三枪，一个送了命；再一枪，一个胸前添了一个洞。后边又来了一个黄脸番将，叫作金古渌，使一条狼牙棒。被高宠往心窝一枪刺来，趁势一挑，把个尸首直抛向半天里去了。吓得那番营中兵将，个个丧魂，人人落魄。兼之郑怀、张奎两条枪棍，牛皋一对锏，翻江搅海一般，杀得尸如山积，血流成河，冲开十几座营盘，到牛头山来了。

且说岳元帅闷坐帐中，有探子来报："牛将军解粮已到荷叶岭下了。"岳元帅举手向天道："真乃朝廷之福也。"不一时，牛皋催了粮车，上了荷叶岭。在平阳之地，把三军驻扎，对三位兄弟道："待我先去报知元帅，就来迎接。"牛皋进营，见过了元帅，将刘都院表章并书信送上。岳元帅道："粮草亏你解上山来，乃是第一大功。"吩咐上了功劳簿。牛皋道："哪里是我的功劳，亏得新收三个兄弟：一个叫高宠，一个叫郑怀，一个叫张奎。他三个人本领高强，冲开血路，保住粮草，方能上山，现在岭上候令。岳元帅道："既如此，快请相见。"牛皋来营，同了三人进来参见毕。岳元帅立起身来道："三位将军请起。"遂问三人家世。高宠等细细说明。元帅道："既是藩王后裔，待本帅奏过圣上封职便了。"遂命将粮草收贮，自引三人来至玉虚宫内，见了高宗，暂封为统制，待太平之日，再袭祖职。三人一齐谢恩而退，一同回营。牛皋上来禀道："这三个兄弟，可与小将同在一处。"岳爷应允。就将他三人带来的人马，分隶部下，专候择日开兵，与兀术打仗。

到了次日，元帅升帐，众将站立两旁听令。元帅高声问道："今粮草虽到，金兵困住我军，恐一朝粮尽，不能接济。必须与他大战一场，杀退了番兵，奉天子回京。不知哪一位将军敢到金营去下战书？"话声未绝，早有牛皋上前道："小将愿往。"元帅道："你昨日杀了他许多兵将，是他的仇人，如何去得？"牛皋道："除了我，再没有别人敢去的。"岳元帅就叫张保替牛皋换了衣帽。牛皋穿衣帽毕，即辞了元帅，竟自出营。岳爷不觉暗暗伤心，恐他不得生还，又有一班兄弟们，俱来相送，行到半山，对牛皋道："贤弟此去，须要小心，言语须要留意，但愿吉人天相。恕不远送了。"说罢，各自回山。牛皋别了众人，独自一个下山，一马跑至番营。平章见了喝道："牛南蛮为何如此打扮？"牛皋道："能文能武，方是男子汉。我今日来下战书，是二主交接的正事，自然要文绉绉的打扮。烦你通报通报。"平章不觉笑将起来，进帐禀道："有牛南蛮来下战书。"兀术道："叫他进来。"平章出营，叫道："狼主叫你进去。"牛皋道："这狗头，请字也不放一个。叫我进来，如此无礼。"遂下马，一直来至帐前。那些帐下的人，见牛皋这般打扮，无不掩口而笑。牛皋见了兀术道："请下来见礼。"兀术大怒道："我是金朝太子又是平昌王。你见了我，也该下个全礼，怎么反叫我与你见礼？"牛皋道："什么平昌王，我也曾做过公道大王。我今上奉天子圣旨，下奉元帅将令，来到此处下书。古人云：上邦卿相，即是下国诸侯；上邦士子，乃是下国大夫。我乃堂堂天子使臣，礼该宾主相见，怎肯屈膝于你。我牛皋岂是贪生怕死之徒，畏箭避刀之辈。若怕死，也不敢来了。"兀术道："这等说，倒是我不是了。看你不出，倒是个不怕死的好汉。我就下来与你相见。"牛皋道："好，这才算是个英雄。下次在战场上，要和你多战几合了。"兀术道："牛将军，某家有礼。"牛皋道："狼主，末将也有礼。"兀术道："将军到此何干？"牛皋道："奉元帅将令，特来下战书。"兀术接过，看了，遂批明三日后决战，仍付与牛皋。牛皋道："我是难得来的，该请我一请。"兀术道："该的、该的。"遂叫平章同牛皋到左营吃酒饭。牛皋吃得大醉，出来谢了兀术，出营上马，回牛头山来。到了山上，军士报知元帅。元帅大喜，吩咐传进。牛皋进帐，见了元帅，将原书呈上。元帅叫军政司记了牛皋功劳。回营休息。

次日，元帅升帐。众将参见毕。元帅唤过王贵来道："本帅有令箭一支，着你往番营去拿一口猪来，候本帅祭旗用。"王贵得令，马上上马而去。元帅又将令箭一支，唤过牛皋道："你也领令到番营去拿一口羊来。"牛皋也领令而去。王贵领令下山，暗想：这个差使却难，那番营中有猪，也不肯卖与我。若是去抢,又不晓得他的猪藏在哪里。不要管他,我只捉个番兵上去,权当个猪缴令,看是如何。想定了主意,一马来至营前,也不言语,两手摇刀,冲进营来。那些小番,出其不意,被他一手捞了一个,挟在腰间,拍马出营,上荷叶岭来。却好遇着牛皋下山,看见王贵捉了一个番兵回来。牛皋暗想:原来番兵当得猪,难道就当不得羊。他便一马跑下山,也捉了一个小番,来至大营,叫家将把这羊绑了。进帐禀道:"羊已拿到,特来缴令。"元帅吩咐将羊收了。牛皋道:"这羊会说话的。"元帅道:"不必管他。"牛皋暗暗好笑,出营去了。王贵到了大营门首,将番兵绑了,进帐来缴令道:"末将奉令,拿得一猪在此。"元帅叫张保收了猪,上了二人的功劳。次日元帅请圣驾至营祭旗,众大臣一齐保驾,离了玉虚宫,来到大营。元帅跪接进营,将小番杀了,当作猪羊,祭旗已毕。众大臣仍保驾回玉虚宫。

兀术在营中闻知此事,便对军师道:"岳飞叫人下山,拿我营中兵去当作福礼祭旗,可恨可恼,我如今也差人去拿他两个南蛮来祭旗,方泄我恨。"军师道:"不可,若能到他山上去拿得人来,这座山久已抢了,请狼主免降此旨吧。"兀术想道:军师此言,亦甚有理,这山如何上得去?张邦昌、王铎二人,投降在此,毫无用处,不如将他俩当作猪羊吧。遂传令将二人拿下杀了,请众人同吃利市酒。他二人当初在武场对天立誓道:"如若欺君,日后在番邦变作猪羊。"不意今日,有此果报。兀术祭过了旗，正同众将在牛皮帐中吃酒。小番来报道："元帅哈铁龙送铁滑车来。"兀术遂传令叫他进来，令带本部人马，在西南方上埋伏。哈元帅得令而去。次日，兀术自引大队人马，来至山前讨战。岳元帅调拨各将，紧守要路，多设雷木炮石，张奎专管战阵儿郎，郑怀单管鸣金士卒，高宠掌着三军司令的大旗，自己坐马提枪，只带马前张保、马后王横两个，下山与兀术交兵。但见金阵内旗门开处，兀术出马。岳元帅大吼一声，走马上前，举枪便刺。兀术大怒，提起金雀斧。大战十数回合。那四方八面的番兵，呐喊连天，俱来抢牛头山，当有众将各路敌住。元帅因念康王在山，恐惊了驾，挑开斧，虚晃一枪，转马便走回山去了。

那张奎见元帅回山，即鸣金收兵。高宠见了，暗想：元帅与兀术战未几合，为何即便回山？必是这个兀术武艺高强，待我去试试，看是如何。便对张奎道："张哥，代我把这旗掌一掌。"张奎拿旗在手。高宠上马抡枪，往旁边下山去。兀术正冲上山来，劈头撞见高宠。劈面一枪。兀术忙抬斧招架。谁知枪重，招架不住，把头一低，被高宠用枪一拖，发断冠坠，吓得兀术魂不附体，回马就走。高宠大喝一声，随后赶来，撞进番营，这一杆碗口粗的枪，带挑带打，那些番兵番将，人亡马倒，死者不计其数。那高宠杀得高兴，进东营，出西营，如入无人之境，直杀得番兵叫苦连天，悲声震地，杀到下午，忽一马冲出番营，正要回山。骤望见西南角上有座番营。高宠想道：此处必是屯粮之处。常言道：粮乃兵家之性命。我不如就便去放把火，将他的粮烧个干净，绝了他的命根，岂不为美。便拍马抢枪，来到番营，挺着枪，冲将进去。小番慌忙报知哈元帅。哈铁龙吩咐："把铁滑车推出去。"众番兵得令，一片声响，把铁滑车推来。高宠见了说道："这是什么东西？"就把枪一挑，将一辆铁滑车挑过头去。后面接连推来，高宠随来随挑，已挑了十一辆，到第十二辆，高宠又是一枪，谁知坐下那马，力尽筋疲，口吐鲜血，蹲将下来，把高宠掀翻在地，早被铁滑车碾得稀扁。哈铁龙拿了尸首，来见兀术道："这南蛮连挑十一辆铁滑车，真是楚霸王重生，好生厉害。"兀术吩咐哈元帅，再去准备铁滑车，叫小番在营门口立一高竿，就将高宠尸首吊起了。

此时岳元帅正同众将在山前打听高宠下落，忽见番营门首吊起一个尸首来。牛皋远远望见，叫声："不好了。"就拍马冲下山去。那岳元帅此时也不能禁止，忙令张立、张用、张保、王横飞步下山，再命何元庆、余化龙、董先、张宪速去救应。众将得令，一齐下山。牛皋一马跑至营前，有小番上来挡路，被他把锏一扫，那些小番好像西瓜般地滚去。直至高竿下，拔出剑来，只一剑，将绳割断，那尸首坠下地来。牛皋抱住一看，大叫一声，翻身跌落马下。那些番兵见了，正待上前捉拿。却得张宪等四员马将，张立等四员步将，一齐赶来，杀退番兵。张立、张用前后护持,王横扶牛皋上马,张保将高宠尸首驼在背上,转身就走。又有几个平章晓得了,领着番兵追来,被何元庆、余化龙二人回马大杀一阵,锤打枪挑,伤了许多人马,番兵不敢追赶。众将一齐上了牛头山。那兀术得报,领人马飞风而来,这里已经上山了。兀术只得回马转去,自忖这些南蛮,有这等大胆,又果然义气,反伤了我家两员将官,杀了许多兵卒。只得叫小番收拾杀伤尸首,紧守营门罢了。

　　这就是高宠一人独挑十二辆铁滑车的一段故事。像高宠这样神勇,真是世上少有的,可惜那马力乏而倒,遂令盖世英雄,竟死车下,壮志未酬,身躯先殒,岂不是天地间一桩大憾事吗?至于张邦昌、王铎二人,卖国求荣,甘心降敌,到后来只落得身为猪羊,供人祭旗之用,奸臣报应,是应该如此的。

采石矶

话说元末皇帝无道，有许多英雄豪杰，各踞一方，自称为王。当时有一人姓郭名光卿，在濠州城外小梁山上，招聚兵马起事，自称滁阳王。光卿有一个外甥，姓朱名元璋，自幼有异相，长大结交一班英雄好汉，他闻得母舅起事，亦来投奔。光卿即命他为领兵元帅，又命永丰人徐达为副帅。各处英雄闻得，皆来投奔朱元璋。元璋遂与徐达等，引兵夺据濠州、滁州、泗州、和州等处，一路上皆有英雄来投，所以声势愈加浩大。后来光卿病死，元璋又立光卿之子郭道明为和阳王，其实兵权号令皆在元璋手中，和阳王不过名式而已。

且说当时又有一人姓俞名廷玉，本是元朝授为巢湖水军头领，因见元朝无道，所以不服元朝管辖，在湖内招添水军，独霸一方。他有三个儿子：大的名通海，惯使一个流星锤，舞动起来，挡着的便粉身碎骨。次子名通源，使一条铁锏，小时在江中洗浴，忽然水中来了一只巨大无比的癞头鼋，张开大口，要来吞他。他手中并无兵器，便直钻下水去，在江底摸着一条石头，就把来担在肩上，踏出水来，将石向那大鼋砍去，谁知那鼋的头颈仰得笔直，凑着石上顽锋，竟做两段，满江中都是血水。通源将鼋拖向岸边来。这时岸上看的人不计其数，便有人将绳掷下，教通源把鼋脚缚住。就有张三、李四等十余人，在岸上用力拖拽，哪里拽得动。通源上岸来，只一把，便把那鼋拉至岸上。那些人说："俞二官人活的都砍了，我们对于死的却牵不动，岂不好笑吗？"那第三子名通渊，使一口单刀。他十四岁时，有一日走到一处龙王庙内去游玩，看见许多人在彼抬那殿前的铁香炉赌力。三十多人用力来抬，都抬不动。通渊上去一看，见炉上铸着"此炉重一千斤"，不觉心中暗笑道：一千斤我一人托都托得起，如何三十多人还抬不动。走到殿后，见有两个大石狮子，每个足有七八百斤，通渊将两个一齐举在手中舞弄。被一人看见，大叫道："三十多人抬一个香炉都抬不动，俞三官人一个儿便把两个大石狮子，弄得如弹丸一样滚转，你们岂不惭愧。"众人皆来看视。通渊便放下石狮走了。因此人人皆知俞家三个儿子，皆是非常厉害。当时庐州有个左君弼，也招聚许多兵马，独立一方。闻得俞家水军厉害，便以书来招降，廷玉不肯，君弼就引人马前来攻打。廷玉父子寡不敌众，被困在巢湖当中。廷玉乃与众人商议道："我等困守无益，必得投奔有势力的地方方好。"他手下副将廖永安道："我闻和阳朱公待人极好，而且将勇兵强，不如投他去吧。"廷玉道好，即修书命自己女婿韩成星夜赶至和州。韩成入见元璋，上书求救。元璋慨然应允，即与徐达等引数十员大将，四万精兵，直抵桐城。君弼闻知，引兵退去。元璋遂引军入巢湖，与廷玉相见。廷玉自陈情愿将部下水军一起归顺和阳王。元璋大喜,即在巢湖边驻兵三日。忽报左君弼勾引占据池州之赵普胜,一支军截住桐城闸,一支军截住黄墩闸,又引元将蛮子海牙,领兵十万,驻扎江口,势不可挡。元璋曰:"我一时不察,致中其计,今我兵少,不敷调遣。何人可往和州?调取救兵,内外夹攻,方能出此重围。"只见韩成说道:"末将愿往。"元璋即修书付与,吩咐速去速来,不可误事。韩成出了水寨,由巢湖入长江,在水中伏行三日三夜,方得上岸。直抵和州,见了和阳王,上书求救。王即命大将汤和为元帅,常遇春为先锋,耿炳文、吴良、吴桢、郭英、花云等十余员大将,随军听用,率兵五万,前去救应。汤和领兵至江口,正遇蛮子海牙军马,两阵对圆。蛮子海牙即命元将二十余员迎敌。常遇春一马当先,霎时间,枪挑七员元将,其余皆纷纷回马败走。汤和挥兵向前冲杀,蛮子海牙大败,急领败兵自牛渚渡渡过长江而去。

其时,各部将士都去收拾元兵所弃马匹器械,粮草辎重。只有汤和独使帐下兵卒,只砍沿岸一带芦苇茭草,用绳索一一缚成细束,多至千余担。众将皆问有何用处。汤和对说:"夜间可以作火把之用。"于是,众人调齐船只一千余号,分为五队直向黄墩闸杀来。赵普胜闻知,将五百只大战船排开迎敌。常遇春便挺枪来杀。两下战鼓大鸣,喊杀连天。却恨那普胜的战船高大,又在上流,把矢石向下打来,只见箭如飞蝗,石如雨点。常遇春等船小,且无遮蔽,兵士中箭石者不计其数,遂不能向前。遇春正在烦恼,只见汤和领了十余只稍大的船,船上满张牛皮。那箭石虽猛,着在皮上,皆滑下水去了。每船上用水手五十人,齐把芦苇茭草点着。恰遇西北风大起,那普胜的船皆在东南上。汤和便叫众军放火。普胜船上都是篾簟竹篷引火之物,被汤和手下水手将火把火箭,纷纷打将上去,便烧起来。风又大,火又紧,咯咯喇喇把前面二百余只大船,不过两个时辰,烧得干干净净。常遇春等乘火奋击。贼兵大乱。那普胜只得跳到后面小船队上逃命。常遇春又追上小船队,大喝一声,将普胜兄弟全胜一枪刺落水内。普胜急舍命摇一只小船,逃向江西去了。汤和鸣金收兵,共获大小战船七百余只,刀仗器械不计其数。众将皆曰:"今日之捷,汤元帅之功也。"汤和拱手曰:"全仗众将虎力,与和何干。自古云:兵贵神速。今宜乘胜进击左君弼,可一战而擒之也。"于是吩咐即刻开舟,向桐城闸来。朱元璋在巢湖得探子报知,大喜,即将俞家水军并在一处,约有兵五万,大小船二千四百余只。命副帅徐达,大将胡大海、赵德胜等引兵冲杀出去。喜得左君弼船大,不利进退。俞氏父子与廖永安等驾小船,操纵如飞,绕出君弼之后,从后面杀入。徐达与胡大海等从前面杀入。两下夹击,君弼大败。后面敌将萧罗督战颇勇,俞氏父子,一时未能得手。廖永安鼻中中了一支冷箭,即拔箭大呼:

"三军努力上前。"遂将身跳上敌船，大喝一声，将萧罗活捉过来。敌人皆不战而逃，左君弼也驾一只小船逃走去了。朱军大获全胜，只是水道浅窄，船大不能入江。汤和等在江口遥遥相对。彼此无计可施。忽然连下了十日大雨，水势陡涨。朱元璋即命解缆开舟，顺流而下，至入江处，有一浔阳桥，小船皆一一过去，独大船似乎不能。岂知船至桥下，不宽不窄，恰巧正容大船出入。元璋大喜，至大江中与汤和等相会，设宴庆贺，即日准备攻打长江南岸采石矶之策。那采石矶与北岸牛渚渡相对，乃是一座山。山上有一尊红衣大炮，守将系元朝大将老星卜喇，此人年已八十余岁，须发皆白，使一条丈八蛇矛，有万夫不当之勇，手下有一万雄兵。自前日蛮子海牙败归后，知朱军必来攻打，所以早已准备下强弓硬弩，灰瓶石炮，不分昼夜地把守。那蛮子海牙亦调齐十万大军，自采石矶至向南三十余里太平城下，连接三十六寨，准备大战。

却说朱元璋将战船调齐在牛渚渡口，扎成水营，又将陆军十万在岸上驻扎。即日分战船为三队：命常遇春为先锋，徐达居中队，领战船七百只。胡大海为先锋，汤和居左队，也领战船七百只。李文忠为先锋，俞廷玉居右队，也领战船七百只。向采石矶进发。老星卜喇闻知，亲自在矶上督守。只见朱军战船如织，潮涌般杀至矶前来了，矶上矢石如雨，朱军死伤者甚多，不能前进。徐达下令曰："有先登采石矶者,即授为正先锋。"原来朱元璋起兵以来,正先锋向无一定,所以这颗正先锋印,尚未有人执掌。诸将平日皆思得之以为荣耀。今日闻得此令,莫不踊跃向前。左队上李文忠亲冒矢石,杀到矶前,方欲弃船攀缘山石而上。矶上一声梆子响,一大堆巨石,轰然打下。朱军急退,已有三只小船被沉,百余军卒被石压毙,文忠身带重伤,只得退回。中军徐达,亦传令收军。那采石矶上元将士见朱军退去,重复整理弓箭,再备石块,以防朱军二次来攻。

却说胡大海希望得那先锋大印,日夜思想攻打采石矶之策。觉战船有许多不便之处,遂命部下军士编竹木为筏,编篾为篷,张牛皮以挡矢石,其筏各长三四丈,阔亦如之,用桨不用橹。择军士之识水性者,编为队伍,一排用硬弩,一排用鸟枪,一排用短刀藤牌,布置既毕。大海亲自在前,命沐殿督队。只见旗幡招展,呐喊连声,一排排竹木筏,扯起竹篷,向采石矶杀来。矶上矢石如雨,皆为牛皮挡住。筏上军士,一排弩箭发毕,一排鸟枪又发,连续不断,向矶上猛攻。矶上元兵伤折无数。老星卜喇大惊,急命放炮。只见矶上一面大红炮字旗挥动,轰的一声,直向朱军击射。胡大海见炮字旗挥动,即大呼诸军下水。原来彼时炮不多用,每用必先以炮字红旗,通告敌人,使先逃避。因炮之伤人,动以千百,以为有伤人道主义,恐犯天谴,所以必先使敌人知之。且说朱军纷纷下水,炮已打下,大将沐殿不及走避,与八百余士卒皆死于炮火之内。胡大海恐炮再发，急命退军。元将见之大喜，添调军卒，以补死亡，格外严守，以防第三次来攻。却说常遇春亦欲得先锋大印，见胡大海之法极佳，犹不能成功，遂与俞廷玉商议计策，一时亦无计可施。不料事有凑巧，天忽大雨，长江中有一条神鳌，兴风作浪，江水大涨，浪高三丈有余。那神鳌乃是一种大鱼，状如鲸鱼，唯头上有角，口下有须，其身小者二三丈，大者十余丈、数十余丈不等，产生海中，亦不多见。今此鳌尚只二丈有余，大约系乘潮自海口而入者。是时两军皆不能战。三日后雨止，唯鳌尚未去。常遇春见两军皆以神鳌为灵物，不敢损伤，因此得计。即将一战船，四面以篷布包成圆形，以彩色涂成神鳌一般，请俞廷玉把舵，廷玉之子通海、通源、通渊划桨，又命自己结义兄弟张赫、陆聚、陈德、王志四人一同前往。于是乘夜开船，一面令人通知徐达，请遣将接应。是日正是八月十五中秋佳节，元兵见江中波浪汹涌，以为朱军必不来攻，所以合营赐酒，开怀畅饮。老星卜喇在矶前立马横矛，有小卒跪献金杯，老星卜喇且饮且观。只见月明如镜，照见那神鳌自对岸牛渚渡口缓缓而来，将至山下。老星卜喇笑曰："若非灵物，此数日何得安宁，吾当有以谢之。"因将手中金杯，向下倾倒。只见一个大浪，江中又是一条神鳌，张口鼓浪，那浪便忽高五丈有余，将先前那鳌拥近矶顶。原来先前见的那鳌便是遇春的船。那采石矶地本不高，船被浪涌至五丈,却巧在矶顶下一块石前。遇春身上不穿重甲,软装扎束,一手执刀,一手执牌,将篷布从中裂开,跃登此石,向上爬来。老星卜喇忽见对岸朱军大队行动,情知有异,向下一望,正见遇春向上而来,离矶头不过五尺。老星卜喇急忙一矛刺去,遇春无处躲避,被矛尖将发剌断,铲去一片头皮。遇春忍痛,掷去手中之刀,右手执牌,左手握住矛尖。老星卜喇用力向上一举,将遇春提上矶头。说时迟,那时快,遇春足未踏稳,已手足并用,一牌向老星卜喇胸前甩去,一足向老星卜喇执矛之手踢去,左手从矛杆滑向矛柄。老星卜喇执不住矛,被遇春扯转矛尖,一矛将老星卜喇刺于马下,即跃上其马,舞矛乱剔,头上伤血涔涔而下。在刺老星卜喇时,身上亦被元兵砍着数刀,幸非要害。遇春不顾伤痛,左冲右突乱杀。此时张赫等四人,亦已杀上矶头。朱兵大队亦到,胡大海提斧先登,就手把元将杀却一人,夺了他马,往来乱劈,于是朱军一拥齐上。常遇春见大军已到,即撇下元兵,杀下矶头,向蛮子海牙营中踹去。元将齐来抵敌,被遇春一矛一个,连挑死十一员元将,连踹平十一座营寨。正遇老星卜喇之子红星卜喇,使一柄独脚铜人,拦住去路。遇春更不答话,举矛便刺。红星卜喇将铜人架开,两人斗杀在一处,战至十余合。张赫等四人赶至,上前将红星卜喇战住。遇春一马仍向元营冲去,此间胡大海赶到。恰巧红星卜喇战不过四人,回马而走,被大海脱手一斧飞去,将红星卜喇劈于马下。五人一同来接应常遇春，行过五个营寨，只见地下死尸无数，营帐已倒。遇春正在与蛮子海牙大战，海牙见又有人来，因知不敌，落荒逃走。遇春并不追赶，与五人一同踹进三十六座元营，直至太平城下。那太平守将吴升、许瑗献城投降。常遇春方收住坐马，候大军到时一同入城。此一役元兵死伤各半，非逃即降。朱元璋引大队过江，直至太平城，见常遇春自头至足，浑身皆血，如红人一般。元璋赞叹不止，即拜为正先锋，命医官替他治伤，又命画工替他画一幅血战图，以表其功。

　　次日探子来报，元将陈也先领兵十万，水陆并进，来攻夺采石矶。徐达命李文忠与汤和领兵去攻他水队，自与胡大海领兵去挡他陆路。两军相遇，胡大海抡斧出马，对阵上也先提斧来战。只一合，被大海生擒过马。徐达挥军齐上。也先之子兆邦、明邦及元将韩国忠、陶荣、孙和等，迎住厮杀。恰有李文忠等攻破元兵水队，从元阵后杀来，元兵大败。胡大海一斧将孙和劈死。陈明邦措手不及，被李文忠枪挑下马。汤和刀劈了陶荣。陈兆邦与韩国忠引败兵逃回方山寨而去。徐达收军进城，将陈也先来见元璋，也先情愿投降，元璋即授为千户之职。岂知也先之降，并非真心，乘夜来刺元璋，幸而元璋知觉，未为所刺，及至众将来救，也先已逃走了。

　　一日探子忽来报道："元将蛮子海牙又领兵十万来攻采

石矶，水陆安营，拦住江口，使我军南北不通。"元璋大惊，急与诸将商议退敌之策。徐达曰："如此如此，何如？"元璋大喜，即密令诸将照计而行，命李文忠迎敌。文忠带三万军径抵采石矶，见蛮子海牙正在耀武扬威，奋力攻打。文忠骤马上前，蛮子海牙舞戟来迎。战至数合，文忠诈败。蛮子海牙引兵赶去，约近十里地面，一声炮响，伏兵齐起。胡大海引兵从左杀来，徐达引兵从右杀来，文忠回身直捣中间，将蛮子海牙团团围住。海牙四面受敌，势力难支，一人一骑，冲出重围，向采石矶走去。又遇守矶大将花云阻住去路，蛮子海牙只得沿江而逃，背后胡大海紧紧追赶。海牙心慌，欲登战船，只见水队早已被俞廷玉等攻破。海牙只得急急奔逃，大海不舍，依然紧追。忽见江边一队战船顺流而下，船头上一将，虎皮盔，虎皮甲，手提一柄四须虎头钩，正是元璋寄子沐英，乃大将沐殿兄弟沐光之子，从和州解粮而来。当下沐英见是元将，遂拈弓搭箭，一箭射来。那海牙应弦而倒。大海即割下海牙首级，与沐英一同回至太平。元璋大喜曰："海牙一死，吾无患矣。"

且说陈也先那日行刺不成，逃回方山寨，尽起合寨人马，来接应蛮子海牙。兵未到而海牙已死，也先收纳残军，径来攻打采石矶。花云一面抵敌，一面遣人至太平求救。元璋即命沐英为先锋，胡大海为接应，引三万军来救。两军相遇，也先提斧出迎，胡大海大骂而前，两斧并举。战至十余合,也先力怯。韩国忠挺枪来助,沐英飞马而出,只一虎头钩将国忠打于马下。也先心慌,回马便走,被沐英赶上去往脑后一钩,打下马来。众军因他反复无常,一拥上前,将也先砍为肉酱。陈兆邦率众投降,沐英领兆邦来见元璋,元璋并不记其父之恶,收留在帐前听用。从此朱军军威大振。后来和阳王死后无子,诸将即拥朱元璋为西吴王,建都金陵,文武英才来归者益众。遂分兵将,天下打平,元璋即位为皇帝,即明朝第一代太祖皇帝也。

三踹牛塘

却说，明太祖命大元帅徐达引兵三十万进攻张士诚。徐达领命后，即派胡大海领水队，进攻金山，常遇春为先锋，直薄镇江。吴将王忠，把守金山，闻报大惊，亲自进城，来见镇江守将邓青请兵。岂知邓青与王忠有隙，非但不肯发兵，且说王忠谣言惑众，将他乱棒打出。王忠愤愤不平，乘夜来降胡大海。大海大喜，即引水军直抵金山。是时，常遇春的兵，亦已离城十里扎营。吴将邓青，自负其勇，引兵三千出城搦战。原来邓氏兄弟七人，号称邓氏七条枪，颇有名望。邓青居长，枪法更佳，所以目中无人，骄傲非常，不把明将看在眼内。当时明营内常遇春提枪出迎，两马相交，双枪并举。战上二十余合，邓青渐渐不敌。忽听城内一声呐喊，城上尽是明旗。却是明将张天佑，乘邓青在外大战，引军自北门袭取了镇江城。邓青心慌，不敢恋战，落荒而走。正行间，一声炮响，一支兵杀出，为首一员大将，白面无须，手提烂银枪，拦住去路，乃是明将李文忠，奉令埋伏在此。邓青勉强迎战数合，脱身便逃，行不数里，树林中一声炮响。明太祖寄子沐英，年只十五六岁，虎皮盔，虎皮甲，手提一柄四须虎头钩，引兵拦住去路。邓青不答话，迎面一枪。被沐英起钩一架，邓青虎口皆开，吓得魂不附体，拖了枪急急向常州逃去。走至一座山前，遇着林中五六条绊马索，将邓青掀于地下。原来是胡大海奉令在此埋伏的，当下擒住邓青，解进镇江，来见徐达。达见邓青勇敢有才，乃劝令归降，邓青遵命。达大喜，即令督理后军辎重。胡大海曰："不可不可，我观邓青獐头鼠目，脑后有反骨，必是反复无常之辈，不杀必有后患，况辎重粮草，乃三军之命，倘邓青心变，则我军休矣。"达曰："我推心置腹，不畏其背我而反也。"众将亦以为不可。达不得已，乃命邓青设誓。邓青誓曰："青若反复无常，必死于马兵头之手。"盖邓青自以为枪法厉害：区区马兵头，焉足死我？不料后竟应了这句说话。达见青已设誓，即以辎重交付与他。诸将亦无言而退。

次日，达命张天佑守镇江，自己拔队来攻常州。常州守将吕珍，坚守不出，遣人至吴王张士诚前求救。士诚闻镇江已失，大惊，问谁人能去退敌。士诚有弟二人：一唤士信，足智多谋，熟识兵法，人号为赛张良，使一条铁鞭，神惊鬼怕；一名士德，勇冠千军，人号为赛张飞，用一条长枪，委是厉害非常。当下士信自称愿往退敌。士诚大喜，即将兵权一起交付。士德一面调集各路兵将，一面遣人请四路友兵相助。四路者，乃刘福通、左君弼、李芝麻、赵普胜四人。当日各踞一方，自称王号。接到士信书信，即引军马来助。徐达闻之，令李文忠去敌李芝麻，沐英去敌刘福通，汤和、邓愈去敌左君弼，常遇春去敌赵普胜，又命俞廷玉率水队攻通州，吴植、吴良带兵攻江阴，郭英、郭兴带兵攻高邮，曹良臣、曹良璧带兵攻泰州。各将奉令去讫。徐达帐下大将，遂只剩胡大海、邓青二人，其余华云龙、仇成、茅成、李虎、华高等皆是二三等将官，水队上亦只有丁普郎、桑世杰二人。达引了分剩的十余万军士，将常州城围得水泄不通。早有探马来报知士信，士信闻徐达分兵，大叹曰："今番中我釜底抽薪之计矣。"

是时，吴军将士三十万，已暗地聚集在无锡。士信即发令命小霸王张虬，引三万军马为先锋。杭州守将车子齐及二子车天龙、车天虎引五万军为二队。梁氏弟兄天左、天右、天福、天寿、君谋、君胜、君刚、君采八人，引三万人为三队，此八人皆使大刀，号为梁氏八口刀，乃吴中有名之将。又命邓青之弟龙、虎、凤、彪、蛟、鸾引三万人为四队。士信亲统大军为后应，又命金其、何景引十万水军，多带火种，去袭明之水军，又命大将蒙奈、祝谦引一万兵，自小路抄出，至丹阳道截断明兵归路。发令已毕，三十万大军，浩浩荡荡，直奔常州大道而来。明军探马，急来报知徐达，言吴兵来救，相距只四十里。徐达急命前营改作后营，后营改作前营，令邓青开路，向丹阳道而退。行至古槐滩，见地势可守，即命停营，唤仇成、茅成、李虎、华高四人，守住古槐桥。此时吴兵开路先锋张虬已到，挺丈八蛇矛，径来冲桥，李虎、华高向前迎敌。岂知张虬有小霸王之名，勇力过人。李、华二人如何敌得住。只一合，即被张虬生擒过马,命小卒捆缚起来。张虬一马冲上桥来,仇成、茅成挺枪来迎。只一碰,那仇、茅二人枪已脱手,急忙回马伏鞍而逃。张虬随后紧紧追赶,看看相近。幸得胡大海单刀匹马,抡开山巨斧,在大道上把守,放过二人,迎住张虬。二人大战起来,正是将遇良材,棋逢敌手。后面徐达闻知,急命邓青引军再退,命华云龙保守大纛旗,自己披挂上马,提鸦鸟紫金枪,来助大海。适遇吴军二队又到,车子齐舞动双锤,二子一举狼牙棒,一提铁方梁,将徐元帅围住。徐达不慌不忙,使开金枪解数,敌住三人。吴军三队又到,梁氏弟兄八人,各举大刀,来助张虬。胡大海一无惧怯,在围中抡开巨斧,上护其身,下护其马。吴军四队又至,邓氏弟兄,舞枪来擒徐达。徐达左挣右突,敌住众将。此时鼓声大震,张士信大队已到,士信亲自至战场观战。吴军中又有十余员大将,上前助战,杀得鼓声大震,两军呐喊连连,灰沙荡漾,尘土冲天。自辰刻杀至申刻,不分胜败。士信即命其侄张龙、张虎、张彪、张豹引军自左,其子张春、张夏、张秋、张冬引军自右,去冲徐达大军。八人奉命,一声呐喊,杀入明军中来。此时明军并无大将抵敌,被八人军马,冲得四分五裂。明兵纷纷向后而逃。此时水队上金其、何景亦至,顺风放火,掩杀过来。桑世杰、丁普郎等抵敌不住,引军上岸逃去。一霎时,明军师船尽皆着火,红光大起。胡大海与徐达闻得后军有失,又见水队上火光烛天,心中慌乱,拼命冲突,杀得汗流浃背,只是杀不出重围。吴军四下大呼:"速速下马投降。"正危急间,幸得仇成、茅成同着中军官杨昆、刘春舍命杀入重围,水队上丁、桑二将与廖永安亦忘命杀入,才将胡、徐二人救出,忙引败军,向丹阳大道退走。士信见擒不住胡、徐二人,心中大怒,下令追赶,必获二人而后已。一时鼓声动地,杀声震天。明军前队,复又大乱起来。原来邓青早有反复之心,今见明军大败,知徐达不识此间地理,此地西南有一地方,名唤牛塘谷,乃是用兵绝地。遂引了明军乘黑夜径向牛塘谷进发,看看相近牛塘桥,邓青即与心腹百余人,把粮草车放起火来,将粮车反向吴兵送去。邓青一路里反戈相向,枪挑明兵无数,又知保大纛旗之华云龙无能,所以挺枪跃马,来寻云龙,思夺大纛。华云龙不料邓青反复,被邓青一枪迎面刺来。云龙大惊,急举枪相还,被邓青用力一逼,云龙枪已脱手。邓青大喜,举枪直指咽喉。正危急间,忽火光中一骑冲至,马上一人,蓝扎巾,蓝号褂,乃是一个马兵头。说时迟,那时快,马兵头举起手中虎头金枪,在邓青枪上一点,邓青的枪几乎脱手,吓得回马便走,丢下数十车粮米,杀将出来,遇见自己兄弟,一同来见张士信献功。华云龙见邓青已去,急问马兵何人。有小卒回报,有蓝衣马兵十人,截住数十车粮米,向前去矣。华云龙心始略定,一路直抵牛塘谷中。忽然前军一声呐喊道:"前有大水,两面皆山,无处可行。"徐达大惊,急命胡大海断后,守住牛塘桥,亲自来谷中相看地势,一见是块绝地,不得已吩咐扎营,预备雷木滚石,乱箭灰瓶,守御谷口。一面命在后面水边,筑起土城,以防吴兵水面来袭;命华云龙把守牛塘桥;又命胡大海防守土城。检点军马,尚剩七万余人,粮草尚可支持一月。又知各路军马闻之,必能于月内来救,故安心等候救兵,坚守不出。

却说张士信闻徐达遁入牛塘谷,大喜,即命军马将谷口围住,连营三十六座,命邓青把守头营,以防谷内冲出;命张虬看守后寨,以防明兵来救。士信知谷中粮草无多,不久必溃,而救兵亦绝不能至,所以困住明军,以待自毙。徐达日日盼望各路军马来救,岂知李文忠军马,为李芝麻引入一座螺旋山谷,谷口安置一尊大炮,准对谷内,将李文忠困在谷中。常遇春去攻宜兴,兵马一到,唾手而得,谁知已中敌人之计,被赵普胜引湖水灌城,将常遇春等围在水中,明兵皆上城避水,天幸城墙甚阔,墙上满生何首乌,明兵采而食之,得以不饥。沐英为刘福通妖法所困。俞廷玉水浅船胶,反为通州兵所围。曹良臣兄弟攻泰州,遇雨不能进兵,及天气晴后,出战又屡次失利,虽知大军为张士信所困,诚恐军马一退,反为泰州兵追袭,所以相持在泰州城下,进退维谷。吴桢兄弟杀入江阴城,得城不满三日。吴将张九思引军到来,吴氏弟兄出战,连败十七阵,就被吴军四面围住,将吴氏弟兄困在江阴城中。唯有汤和、郭英两支兵马屡次小胜,只因丹阳道为蒙奈、祝谦守住,不能来往。故虽镇江张天佑近在咫尺,亦不能知其消息。高邮、徐州远隔一江,消息更不通矣。一月已过，救兵不至，牛塘谷内粮草食尽，于是谷内大起恐慌。忽然后面太湖内有数十艘船，来至土城前，声言送粮来降。胡大海急命来人入城，问之，却是张士诚手下大夫王祎，大将薛显，二人奉命解十万军粮及犒赏酒食等物至张士信处。二人与明军师刘伯温相好，久有投明之意，所以乘此机会，将所解之粮食，送进谷来，作为进身之功。大海大喜，即引见徐达。达待以上宾之礼。谷口既得粮草，士卒安心用命。士信闻之大怒，分兵为七班，日夜轮流攻打。华云龙亦夜不卸甲，亲自运矢石，与士卒同守牛塘桥。吴兵虽奋勇，奈矢石厉害，死伤反不计其数。唯是吴军日夜攻打，无一刻停止，守军渐觉不支。徐达闻之，亦亲自上桥督战。吴兵乱箭齐发，皆为桥上木板挡住。徐达左臂忽着一矢，众将急扶入中军，命医看治。徐达命人去召胡大海来此督守。谁知吴兵水队，亦日夜来攻土城，奋勇异常。明兵矢石不继。大海急命将人粪煮熟灌下，名为滚粪。吴兵着者皆烂死，攻乃稍缓。大海一时不能来代。相持月余，谷中米粮又尽。徐达命斩马为粮，第一日斩红旗队，第二日斩蓝旗队，斩至第十三队，忽然众兵鼓噪。徐达急召入问之。众兵诉说，十三队兵头王玉之马，乃一匹龙驹，系王玉自己所购，情愿马死人死，不愿杀此良马，所以众兵鼓噪。徐达大怒，即命将人马并斩。忽有一将赶入帐内，大呼刀下留人，视之乃胡大海也。原来蓝旗队系胡大海部下之军，大海待士卒如兄弟,异常爱惜,今闻元帅欲杀王玉,所以特来乞情。向元帅曰:"能乘良马者,其武艺必然出众,今谷中正无人能杀出重围以救援,现可令王玉戴罪立功,前往金陵请兵,不知元帅意下如何?"华云龙亦入帐曰:"前日救小将而得保住大纛,截下邓青所劫之粮者,即王玉也。请将功抵罪。"达从二人之言,即释王玉,付与太祖所赐金批令箭一支,求救表文一道,令即日启行。王玉感胡大海相救之恩,即拜为师。大海嘱咐数言。王玉辞别元帅众将,单刀匹马,肩背令箭,胸藏表章,手提虎头鏊金枪,下桥直至吴营。吴营乱箭齐发,被王玉舞动金枪,拨开乱箭,冲倒营门,杀进吴营。其时各营守将,皆在大帐听令,就被王玉连冲过大营一十八座。至中军帐前,吴将一涌而出。王玉左冲右突,枪挑锤打,杀开一条血路,又连冲十三座营帐。遇见张虬拦住去路。二人双枪并举,大战十余合。被王玉拔鞭在手,只一鞭扎在张虬背上,吐血而逃。王玉大喜,冲出后营,至双塔寺前,下马休息。忽觉背上令箭遗失,急觅之,已不可得。王玉自想:无此为凭,如何请得救兵。于是上马复杀进吴营。起初吴将见其为一马兵头,皆小视之,不屑与敌。此时见王玉又来,以为王玉藐视大将,不觉大怒,吴营中四十八员大将,尽来擒捉王玉,将王玉围在中央。王玉舞开金枪,但见一片金光,护住人马,众将竟不能伤其毫发。有张虬营中小卒,拾得令箭,来见士信。士信曰:"此明主信物也,马兵头失此,回见徐达，必按军法斩首。此人入谷亦死，出谷亦死，不如放其入谷。"于是传令众将撤围。王玉仍复冲透三十座营，忽有头营守将邓青，拦住去路，被王玉一枪刺死，割下首级，回进牛塘谷，来见徐达。徐达大怒，命即斩首。胡大海又来乞情道："王玉杀得邓青，泄我冤恨，可以将功抵罪，请元帅另付信物，令渠再杀出去讨救。"徐达从之，又取太祖所赐玉带一围，令束在腰间。王玉领了，又杀入吴营来。吴营中被王玉两次冲营，死伤不计其数。今见其又来，恨之切齿。吴将一齐举兵器来战，将王玉围之数重。王玉左勾右格，杀至一个时辰，不觉大怒，大吼一声，用力逼开众将兵器，踹出吴营，径往丹阳道而走。途遇蒙奈、祝谦阻路。被王玉两枪，将二人战马刺伤，踹破营寨，直抵金陵，入朝上表，以玉带为凭，请发兵救应。

是时适汤和得胜班师，郭英亦得了高邮回来。太祖即命汤和为二路元帅。汤和点起十万大军，先将李芝麻杀败，救出李文忠，又大破刘福通，救出沐英。适曹良臣夺得泰州，俞廷玉夺得通州，皆引兵来会。汤和即命王玉引三千军为先锋。时王玉已受封为伍尚侯，意气洋洋，引军直至双塔寺前，安下营寨，即来吴营索战。此时吴营后营守将，乃新调来之铁领关总镇柴洪吉，年已六十有二，使一口雁翎刀，英勇非凡，出营来战王玉。两马相交，战至十余合。王玉渐渐不敌，落荒而走，就被柴洪吉将明营冲散，迫至汤和兵到，已救不及。是夜李文忠与沐英乘夜分左右二路,来冲吴营。适士信恐牛塘谷中杀出,命柴洪吉调至前营,补邓青之缺。后营守将为梁氏弟兄,被李、沐二人杀进营来。梁氏弟兄敌住大战,随后曹良臣、曹良壁自左来助沐英。郭英、郭兴自右来助李文忠。汤和、邓愈引大军直捣中营。士信大惊,急命车子齐出战。汤和命唐胜宗、陆仲亨、耿炳文、耿再成、杨璟、顾时、丁德兴、曹德胜等轮流接战。牛塘谷内闻知,亦准备杀出。胡大海奉令,将七万兵布成老虎阵势。徐达为虎头,薛显、华云龙为前足,仇成、茅成为后足,大海自为虎尾,金鼓齐鸣,虎声大作,杀出牛塘谷。柴洪吉急来敌住。大海见徐达与薛显战不下柴洪吉,乘隙脱手一斧,将柴洪吉劈于马下,于是挥动大军,杀进营来。李虎、华高前为张虬所擒,伪降于吴,今口亦效邓青所为,放起火米,引心腹人劫了粮车,竟投明军而去。水队上俞廷玉,率子通海、通源、通渊及大将韩成等杀入吴之水军,放火烧船。金其、何景弃船而逃,于是十万水军船只,尽为俞廷玉所得。

  却说沐英杀进中军,遇见张虬,被沐英一连几下,打得张虬伏鞍飞逃。沐英紧紧追赶,一日一夜,直赶至江阴。张九思闻知,提枪来敌,亦被沐英几下,打得吐血败走。城内吴桢、吴良乘势杀出,将吴军杀得血流遍野,引兵竟向牛塘谷进发。且说王玉伏鞍逃走,比及天明,已至宜兴。宜兴兵将见是明将,一拥来擒。被王玉连伤十余将,杀散敌军,放开水闸，救出常遇春，一同引兵向牛塘谷进发。至吴营前，二人大吼一声，一齐冲入营内。正遇蒙奈、祝谦，原来蒙、祝二人闻知汤和兵至，退回大营，奉令把守左营，被常遇春、王玉杀得大败而逃。营前车子齐被明将车轮大战，自子时杀至午时，精力已尽，一声大呼，口吐鲜血，死于马下。汤和挥军齐进，是时明兵四面杀入，吴兵死伤枕藉，血流成河。梁天左、梁天右为曹氏弟兄所杀。其余吴将，皆受重伤。张士信急引败军，逃向姑苏，又遇沐英、吴氏弟兄截杀一阵。张士信只得带千余人马奔回姑苏。明兵大胜。徐达、汤和鸣金收兵，论功行赏，设筵庆贺，红旗报捷到金陵。太祖闻之大喜，发下酒食金帛等物，犒赏三军。诸将聚说被困之苦，几至竟夜。转败为胜之功，莫不推王玉为第一。

战太平

国韵小小说

战太平

话说，明将常遇春奉明太祖之命，进兵宁国府。遇春点起五万军马，命胡大海引三千兵为前部先锋，自引大军缓缓而行。大海见遇春骄傲非凡，想起自己功劳，不在他人之下，反不得一领兵元帅之职，为之郁郁不乐，因此一路上无精打采。路过太平，守将花云出迎。二人平日友好异常，所以今日相见，花云即邀大海入城饮酒，叙叙离别之情。大海正欲将胸中牢骚，向花云一吐，所以并不推辞，遂并辔入城。席间大海尽将胸中不平之事，诉说出来，花云用言劝慰。大海曰："瓦罐不离井上破，将军难免阵前亡。我等为将者，朝不保暮，但得死后有荣，则丈夫之志慰矣。"花云见大海说出不吉之言，以为大海此去不利，因此亦颇不高兴。酒毕，大海辞别花云，引军直抵宁国城下，将营扎定以备攻城。

宁国守将朱亮祖，系元朝武状元出身，官至义兵元帅，为奸臣所忌，谪守宁国。亮祖为人，礼贤下士，爱民恤贫，所以军民悦服。是日，闻得明兵压境，亮祖即引兵三千出城，径来索战。大海抡斧而出，亮祖举枪相迎。战至十余回合，大海力怯，回马便走。亮祖不舍，从后追来，却遇明将郭英，引军拦住。于是两人各举长枪，斗杀起来。战至十余合，被亮祖用力将枪逼住，把郭英生擒过马，就此收军回城。追至胡大海来救，已经不及。亮祖进得城来，将郭英细细盘问，方知即是自己女婿，只是尚未完姻。当下亮祖即劝英降元，英亦劝亮祖降明，二人各不相下。亮祖不得已，命将郭英暂且守禁，一宿无话。

次日，亮祖出城搦战。明军阵上曹良臣、曹良璧等十余员大将，轮流迎敌，皆战不下亮祖。遇春大怒，跃马挺枪，来取亮祖。两马相交，双枪并举。遇春知亮祖厉害，因此使出鼍龙枪解数来。亮祖见之大笑。原来鼍龙枪法，乃亮祖之专长，号称绍鼍龙。今见遇春使此枪法，真是班门弄斧，所以大笑。两人战至七十余合，遇春之破绽现矣，盖鼍龙枪法，有一百零八发。遇春虽知之，而中缺第七十六枪。亮祖见遇春所使第七十六发，并非鼍龙枪解数，即将此第七十六发解数，还刺遇春。遇春不知破法，就被亮祖一枪刺着左腿，负痛而回，命胡大海代理军务，自己退入帐内，请医疗治。亮祖乃掌得胜鼓而回。

后亮祖又讨战数次，因明军悬免战牌，不得已，只得收兵。有一夜亲自出来巡行，行至一处，闻有喝彩声，亮祖异之，独自近前观看，乃是一家镖行。诸镖师在空地上习练武艺，其中有一人红脸长髯，舞动一柄大刀，左右盘旋，但见刀光不见人影。亮祖不觉大声喝彩。其人闻之，弃刀于地，至亮祖前便拜曰："某不知大将军在此，舞弄末技，贻笑大方。"亮祖急扶之起，问其姓名。其人曰："某姓康，名茂才，字寿卿，乃蕲州人氏，曾从江西陈友谅，因不得大用，乃奔走江湖，卖拳为生。"亮祖与谈兵戎经史，茂才皆对答如流。亮祖惊曰："此大将之才也，如何埋没不闻。今既相遇，不知肯随我效力军前否？"茂才曰："固所愿也，不敢请耳。"亮祖大喜，即引茂才归衙。茂才又引子玉来见。亮祖见其少年英俊，亦令在军前效力。次日，即命茂才出城搦战。明阵上丁德兴、赵德胜等出迎，皆大败而回。至晚，茂才收军进城。亮祖大喜，置宴贺功。

且说胡大海见元军又多一员猛将，而遇春之病又未愈，心中甚闷。忽有使者自金陵来，呈上军师刘伯温手书。大海启视之，书曰：

元将康茂才父子乃余所遣，令为内应，可速设计内外夹攻，破城必矣。城破之后，速即回兵。因余夜观乾象，知此方主损大将也。

大海阅毕，喜惧交并，喜则喜茂才父子内应，宁国旦晚可得，惧则惧主损大将一语，莫非遇春之病，将不能痊？抑此间诸将中，有将战死者？当时即命人招待使者安息。次日，亲自至城下索战，城中茂才出迎，两人交战十余合，大海佯败，茂才佯追。至无人处，两人商定计策，方各自收军。是夜，康玉奉令巡城。至初更，忽下城来报亮祖曰："明营中诸将举哀，哭声动地，不知何故。"茂才曰："必常遇春伤重而死，此不可失之机会也。我等速引军乘夜劫其营，明军既伤主将，军心必乱，见我杀至，必奔溃，可一鼓而歼之。"亮祖曰:"君言是也。"即命康玉守城。自与茂才,各引一军出城,来劫明营。至营相近,一声呐喊,杀入军中,明兵四散而走。两人直向中军帐来。明将赵德胜等引军来敌,皆阻挡不住,被两人直杀至中军帐前。望见胡大海独坐帐中,两人驰马来取。忽然轰隆一声,两人一齐跌入坑中,被挠钩手擒住。大海下帐,亲解二人之缚,劝令投降。茂才佯为不语,亮祖坚不肯降。大海曰:"宁国已为我所得,汝之家眷,已在我掌中,如何不降?"亮祖不信。大海令自往视之。亮祖匹马来至城边叩关。但见城上康玉与郭英并立,玉谓亮祖曰:"我已以此城归明,汝何不速降?"亮祖大怒,径来攻城,城上矢石如雨,亮祖只得退后,回身又向明营中杀来,愿拼一命,战死军中。岂知明营中,绊马索齐起,又将亮祖擒住,来见大海。大海曰:"今将如何?"亮祖曰:"生则杀敌,死则死耳。"大海急命放起。亮祖见茂才已是明将装束,含笑立于帐上,诧曰:"公降何速耶?"茂才笑曰:"公降何晚耶!"亮祖恍然大悟,亦笑曰:"老康真是害人。"大海曰:"小康亦不为弱。"于是亮祖乃投诚归服。大海命梅思祖回京报捷,自己亲自引军入城,查盘仓库,检点降兵,择日为郭英完姻。按下不提。

且说花云自送胡、常两人军马去后,终日心惊肉跳。一日,忽报汉贼陈友谅,命张定边为先锋,陈英杰为副将,张强为参谋,引精兵三十万,战船五千只,水陆并进,来打太平府,已直抵采石矶前。花云急忙点起人马,来守采石矶。忽探马又来报道：采石矶守将朱文逊战死，汉兵已逼近太平城矣。花云急与副将王鼎、签事许瑗，登城守御。只见汉兵水陆并进，旌旗蔽日，鼓声不绝，漫山遍野而来，将太平城团团围住。花云大怒，披挂上马，提五彩描金幡，出城迎战。汉军阵上，貔貅大将林大鹏拖浑金锏敌住。花云更不答话，举幡便刺。林大鹏提锏相迎。两军阵上，鼓声大震，呐喊连连。战至数十余合，花云卖一个破绽，一镖枪飞去，正中林大鹏肩头。大鹏倒拖金锏，逃回阵去。汉阵上林大魁、罗光楚、罗亮楚、周上达、陈英杰、陈兆杰等十余将，一拥齐出，将花云围住。花云不慌不忙，舞动金幡，力战诸将。陈友谅闻之，亲自至阵前观战。见花云头戴金盔，身披银鳞细铠，左弓右箭，坐下飞霜千里名驹，手上绾七八支镖枪，袋内藏五六升铁弹，白面红唇，三绺清须，两臂使开一条五彩描金幡。但见金光闪闪，杀气腾腾，上护其身，下护其马，宛如当年赵子龙形状。友谅叹曰："明将个个如此骁勇，天下必为所得矣。"参谋张强曰："此人名花云，又号花文郎，其父花刚，保镖为业，在山东道上，人称无敌。花云后起之秀，能打连珠镖枪，善发铁弹。明主起兵淮泗，云即为前部先锋，所向披靡，以其英勇，故命其坐镇太平。此人中之杰，岂人人得如是哉！"友谅曰："若得此人，天下不足平也。"即命大将张定边，引子张仁、张义、张礼、张智、张信及梁铉、金国兴、张志雄等三十余员大将，上前助战，务须生擒花云。众将奉令，前来战住花云。俗语道：双拳难敌四手，四手还怕人多。花云虽然英雄，怎经得四十余人悉力来敌，自然渐渐觉得力乏，急忙大吼一声，格开兵器，冲出重围，飞马回城。汉将面面相觑，扫兴收兵回营，休息去了。

是后花云紧守不出。友谅挥军日夜猛攻，云梯兵如橹而进。花云命众兵搬运大石掷下，将云梯打断，贼兵纷纷压毙。友谅又命将火箭向城上射来。花云早已移民家竹笆，安置城上，将火箭挡住。友谅又命掘地道，自地底来攻。花云命就城根掘一道深沟，引河水灌入，贼兵掘至城边，皆为水所淹而死。如是相持者三四日，是日为月之十九。友谅之子陈英杰，引楼船泊南城下，用乱箭向城上射来。城内兵大乱，守将王鼎镇压不住。贼兵竖起大橹，缘橹而上。王鼎奋勇来战，与许瑗俱死于敌军之中。花云之妻郜氏，闻城破投水而死。侍女孙氏大哭一场，抱花云之子三岁儿花炜，杂在难民中，逃奔金陵。霎时城中大乱，花云知城已破，急忙杀出东门，欲向金陵而去。迎面遇见林大魁，拦住去路。花云舍命迎战，一镖枪打中大魁手腕，大魁回马便逃。花云飞马杀进友谅营中，打倒营门，折断旗幡，击倒篷帐，幡挑弹打。汉军纷纷倒退，花云之马所过处，两旁尸骸枕藉，血流成河。友谅闻之大怒，传令众将奋勇来擒。众将一齐提了兵器，将花云围住。花云毫不惧怯，贼之兵将愈围愈多，围至数十余重，花云左冲右突，幡挑贼将一十七员，贼兵将受镖弹之伤者,更不计其数。被花云杀开一条血路,直向后营走去,正遇着林大鹏,提浑金镋迎头便打。花云举幡相架。两人战至八十余合,汉兵又围将拢来。花云大吼一声,用幡将金镋往下一击,镋势本系向下,又经一击,不觉向地下直跌下去。被花云一幡杆,将大鹏由马上打下。大鹏跃起便走。花云杀出重围,已杀得神志昏迷,浑身是血,面上血渍模糊,金盔抛失,发乱披肩,两目深赤,辨不得东南西北,不觉一个失错,坠于陷马坑内。贼兵一齐涌上,挠钩手将花云缚住,拥上大帐。友谅大喜,见花云立而不跪,尚是威风凛凛,益觉心中欢喜,问曰:"汝欲生乎?欲死乎?"花云圆睁两眼,竖起双眉,对天大叫道:"城破身亡,乃为将之常事,谁人肯来从汝。弑君之贼,我今虽死,我主兵一至,贼死无葬身之所矣。"言毕,大喊一声,将身一纵,绳索尽皆挣断,夺帐下贼兵手中刀,杀上帐来。刀过处,杀死十余人。友谅吓得逃往帐后。幸得张定边等一齐奋勇拿住。友谅便令缚在厅檐之上,着众军乱箭攒射,射得花云满身如猬,犹骂不绝口。后陈英杰一箭射中咽喉,方才致命,是时云年只三十九岁。友谅虽得太平,然将士损伤者,已不计其数,于是传令兵扎慈湖,友谅自驻太平城中。按下慢提。

且说梅思祖奉命报捷回京,行至太平相近。遇见太平难民,蜂拥而来。思祖大骇,急问其所以。难民将太平失守,花云死节诸事,一一诉说。思祖闻之大哭不已。原来思祖与花云交谊极厚,亲如手足,所以不禁悲伤之至。又一想,太平既失,金陵大道,已被阻住。因想及好友王弼现为池州守将,渠手下练成一军,号称狮子兵,上阵专以烟火为攻具,颇为厉害,不如就近往借此军,冲过慈湖,方可到得金陵,主意既定,飞马径奔池州而去。

话分数头,且说徐达奉命攻常州,汤和奉命攻无锡。十九日正午,阴阳官来报,日中现黑子。二帅大惊,各登高坛,果见日中现黑影如棋子大。按古书日现黑子,主损大将。二帅互商曰:"此间无事,必系他处。非得一人往金陵一探不可。"于是命孙兴祖前往金陵,顺道所至之处,亦命询问有无凶兆。孙兴祖领命出营,发开飞毛腿,径奔丹阳大道,路过镇江,问守将张天佑有无消息。天佑亦于同日见天象,正在疑惑。因命速向金陵,兴祖到得金陵,恰巧太平败兵逃到,兴祖闻之,双足乱跳,痛恨陈友谅不止。盖花云待人诚挚,从不疾言厉色,攻人阴私,是以诸将皆与友善。迨后众将闻其死状者,莫不下泪。不但兴祖为然也,太祖闻花云死事,亦为之凄然,追封云东邱郡侯,瑗高阳郡侯,鼎太原郡侯,立忠臣祠,并祀之。唯是时兵将皆在外,金陵守军不多。因命孙兴祖先往探贼势。刘伯温见兴祖既去,笑曰:"友谅合当遭殃矣。"太祖问其故。伯温曰:"太平城外,杀气满布。今晚四祖大闹慈湖,友谅非但折将损兵,而且从此厄运相随。"言罢,即命高龙、高虎、高熊、高豹、高罴五人,引三千鹭鸯军,接应兴祖。五人奉令,各自引兵而去。

且说兴祖自黎明启程,至酉初已抵慈湖。望见汉军二十余万,驻扎营寨,声势甚盛,不觉为之却步。忽然想起花云,怒气勃然而兴,竟不顾厉害,欲替花云报仇,心中暗暗默祷,乞花云冥中佑助。于是挥动双刀,自东南踹进汉营。汉营中出于不意,被兴祖乱杀一阵。头营守将周上达,提刀来阻。兴祖不问来者是谁,唯有舞刀杀敌。周上达年纪虽老,气力甚壮,乃将兴祖战住。说也凑巧,梅思祖池州借兵,亦于酉正三刻,直抵汉营。王弼亲自引四千军,列成狮子阵式,阵中鸣锣,以为狮子之吼声。梅思祖舞两柄大锤,为狮前之球,一声大吼,自西南先踹进汉营,抡开双锤,将汉兵乱打。汉将罗光楚,举双枪将梅思祖敌住。二人即在营中大战起来。是时西南、东南两方,杀声大震。汉营中刁斗连连,锣声不绝。按下不提。

且说胡大海在宁国,本欲即回,一则为郭英完姻,二则遇春之伤尚未渐愈,因此耽搁下来。这一日,太平城难民逃至。有探事小卒,报进城来。大海闻之,顿足大哭。众将亦泪下不止。遇春泣下曰:"此我之过也,苟不因我之伤,早日回兵,文郎绝不至死。"大海且哭且传令,立刻拔队出城,赶回太平,欲与友谅决一死战。诸将各皆上马,不分昼夜,赶奔太平而来。恰与兴祖不约而同,酉初已抵慈湖。蓝旗官入报,汉兵大营阻住去路。遇春命扎下营寨,以待明日决战。大海不肯,定欲即晚冲入。诸将亦称愿从大海。遇春即命大海定计,预备冲营。大海传令,布下猛虎阵式,命朱亮祖为虎舌,张赫、陆聚、陈德、王志为虎牙,三千军为虎头,康茂才为前左爪,曹良臣为前右爪,郭英为后左爪,薛显为后右爪,胡大海自为虎尾,大军前队为虎体,常遇春为虎心,守住三军司命帅字大纛旗,其余诸将分安于虎身各处。分拨既定,即命金鼓齐鸣,各效虎声,闻金进右足,闻鼓则起左足,虎声作则进,虎声止则止,如此可以步伐不乱。于是浩浩荡荡,杀入时正亥末。汉营忽见西北上又有军队杀来,惊得四散而走。张、陆、陈、王四将,各将刀牌卷进阵来。朱亮祖随后拨开鼍龙枪,将汉军乱挑。霎时间汉营大乱,被明兵乱杀乱砍,汉军将卒,死者不计其数。西南上王弼早已引狮子军杀入,放起火焰,将汉营烧得烈焰腾空,红光满天。此时东北又有一支军马,杀进汉营,其军皆黑色军衣,各执一根铁扁担,肩背小炮,口作鸦鸣,在营中将小炮齐发。汉军死伤如倒竹排。为首一人,尤为英雄,汉兵将遇之,无一得脱。此人姓张名胜祖,自幼与花云结拜为兄弟,胜祖在山东为盗,手下有三千三百人,号称乌鸦兵。因得闻花云凶信,特地从山东赶来,替花云报仇,恰巧与各路军同日抵此。此刘伯温所谓友谅合当遭殃也。四祖者:即张胜祖、朱亮祖、梅思祖、孙兴祖也。朱亮祖连杀十余将。直至西北上,见梅思祖正与罗光楚大战。朱亮祖不识梅思祖,反将枪向梅思祖刺来。梅思祖如何招架得住。幸得胡大海赶至，说明是自己人。朱亮祖反手一枪，将罗光楚挑于马下。两支兵合在一处，向东杀来。见张胜祖一扁担正向孙兴祖打下，梅思祖急忙上前去挡，手中锤几乎脱手。亮祖上前亦战不过胜祖。胡大海赶至，认得胜祖，招呼明白。胜祖就向周上达头上一击，即将周上达打死于马下。此时高氏弟兄引鹭鸶军亦到，各执刀牌，口中作乙乙之声，就地滚进汉营，乱砍汉军之足。此四队人马，杀得汉营中尸横遍野，血流成河。张定边急引败军，退回太平。明军追至城下。友谅亲统兵马来救。明军方收队而退。其后友谅中刘伯温之计，大败逃归江西。太平为明将华云龙夺回。

濠山大战

国韵小小说

濠山大战

话说元朝顺帝时代,群雄蜂起,各踞一方。彼时明太祖朱元璋亦起兵占据金陵,志在削平群难,夺取天下。与伪汉王陈友谅大战败之,陈友谅逃入武昌,日日招兵买马,积草屯粮,欲报前仇。一日友谅之臣张定边奏曰:"近闻金陵朱元璋,领兵十万,去救安丰,在庐州与敌人左君弼相持不下,明帅徐达亦往接应,金陵江西防守空虚,主公正可乘隙进兵,以图报复。"友谅曰:"卿言是也,今当先取江西,江西既克,金陵便可图矣。"因令丞相阳从政权理国事,自与大将张定边、陈英杰等率领水陆军兵六十万,战船五千只,即日自武昌进发,过鄱阳湖,登岸至南昌府,离城十里安营。

南昌守将乃明太祖侄儿朱文正,及大将邓愈、赵德胜等。当时赵德胜闻知友谅兵到,即与副将张子明等,引兵一千出城迎敌。汉阵上张定边之子张子昂,纵马相战,被赵德胜一鞭打死于马下,斩下首级。汉阵中金指挥急来抵敌,又被德胜飞箭射倒。德胜便把子昂首级,令小卒悬于枪竿上,高声叫道:"再来战者,当以为例。"定边见是儿子之头,放声大哭,便举枪上马,奔出阵来,与德胜战至三十余合,不分胜败。陈友谅见定边气力稍差,便催兵混杀过来。德胜阵上张子明等四将,一齐挡住。德胜奋勇争先,以一当百，杀得汉兵大败而走。德胜亦不追赶，收兵入城。朱文正曰："今日一战，足破敌人之胆，然势终难敌，宜修具表章，令人急往庐州求救，庶保无虞。"即遣部将刘和出城前去。刘和行不数里，竟被贼兵擒住，和见事败，将表扯碎，放入口中嚼烂，跳入江中而死。友谅知道此人是去求救兵的，便将城四面围住，日夜攻打。邓愈等竭力抵御，城被攻坏者数处，皆被邓愈等督率后军，乘夜筑完。相持月余，不见救兵到来。朱文正等计议道，刘和必被贼兵所害，还须有人再去方好。张子明道："某愿舍死一行。"是夜，张身穿水衣将求救表藏在怀中，手提短刀，自水中泅出水城门。但见汉军水队，把守甚严，水底皆设铁网滚钩，梅花刀桩，布置得密密层层。幸得连日大雨，水涨三尺，就被子明半浮半沉，在铁网上面泅过。至三十里外，已出贼营，即离水登岸，星夜赶奔庐州而去。

南昌城内，自张子明行后，把守愈严。一夜赵德胜巡至东城，被贼将陈英杰暗发一箭，正中腰眼，深入六寸。德胜负痛拔出，血流如注，因抚腹叹曰："吾自从军，屡伤矢石，其害无过于此。大丈夫死何足惜，但恨未能扫平群贼耳。"言讫而卒。文正等同三军大恸失声，即具棺殡殓，益加小心坚守。却说子明晓夜兼行，十余日方抵庐州，入见太祖，上表求救。太祖曰："此贼乘虚攻我，大为可恨。"因令子明先回曰："但坚守一月，吾即至矣。"子明辞归，还至湖口，仍由水道而行，不料水已大退。子明一不留意，为铁网钩住，即被贼兵擒去，来见友谅。友谅曰："汝若能招得城中将士来降，必当重用。"子明暗想道："若不依从，必至误事。"因顺口应承。友谅大喜，即命小军押子明至城下。子明对文正等大叫道："末将已至庐州，见过主上。主上吩咐道：坚守一月，大军即至矣。"言讫，夺小卒手中刀，乱杀起来。友谅大怒，即命擒住，将子明乱刀砍死。

却说太祖闻南昌被围，因还金陵，命大将常遇春、李文忠发兵十万，再起淮西水军十万，同救江西，即日起程。友谅闻知，急与众将商议。张定边道："可先驱战船踞住水口，彼不能入，则南昌不久自破。不然，彼若进湖，得与邓愈等里应外合，必难取胜。"友谅从其言，急传令取南昌兵及战船入鄱阳湖口，向东迎敌。是时，明帅徐达闻太祖兵进江西，亦舍去庐州，带同兵士，向江西而来。命部下大将傅友德为先锋，引兵三千在前开路。傅友德本系友谅手下安庆守将，骁勇非常，无论步战、马战、水战、夜战件件皆能，因其面赤，且使大刀，故有赛关公之号。后见友谅为人暴虐奸诈，因此将安庆城降于太祖。太祖识得是一员虎将，封之为貔貅大将军。此次奉令在前开路，星夜来至湖口，却见太祖兵尚未到。原来太祖兵发牛渚渡，自大江逆流而上，所以不及友德陆路之速。友德见湖口闸为汉军守住，不能通过，即乘夜猛攻。闸上强弓硬弩，灰瓶石炮如雨点般打来。友德大怒，舞动大刀，拨开乱箭石炮，奋勇杀至闸前，一跃而登。友德副将金朝兴等亦一拥齐上，霎时间将湖口闸踞住。恰巧太祖大队与徐达军马一齐赶到，于是合兵一处，渡过湖口。正遇汉军战船，拦住去路。傅友德驾一小舟，跃上汉船，就船上大杀起来。后面常遇春等挥军齐上。但见傅友德在汉船上，跳来跳去，自东边杀至西边，又从西边杀至东边，如入无人之境。汉船上大将金其、何景本是伪吴王张士诚手下水将，前曾为明军杀败，投奔陈友谅处为水军都督。此时二人见不是路头，皆赴水而逃。其余战船，大半为明军所得。杀得湖水皆红，共斩一千五百零七个首级。徐达见汉军败退，乃鸣金而回。

次日，常遇春奉令将战船列成大阵。友谅亦亲自引军来敌。明将常遇春、朱亮祖、傅友德等分三路冲杀过去。汉阵上张定边挺枪迎住。常遇春看得眼清，弯弓一箭，正中定边左臂。定边之子张仁，急保父向后而退。明军驾小舟，执兵刃，冲入汉阵中。明将沐英与俞通海等引二十余只小船，向汉船横冲过来，放起火箭，霎时汉船火起。金其、何景正与朱亮祖、傅友德交战，见火势厉害，便顾不得大队，急将刀架开敌刃，向水中便跳。傅友德不舍，亦跳向水中，从后追赶。此时友谅大队在后，见势不敌，急忙转舵，向后而退。友德追赶金、何二人，直闯进友谅大队之中，见一人身披黄袍，认是友谅，即自水中跃上船头，只一刀，将此人斩下头来。提在手中一看,却不是友谅,乃是友谅之弟友直。原来友谅兄弟三人,遇着攻杀,便都一样打扮,混来混去,使军中辨认不定,倘有疏虞,以便逃脱。今日亦是友谅天数未绝,故而得友直代替得脱。汉军大败,向后而退。明军阵上一棒锣声,鸣金收兵,诸将各自献功毕。徐达正欲退帐,忽报濠州有使至,即命召入,来使呈上文书。系报元朝遣李思齐为元帅,引倾国人马来犯我界,不日兵抵濠山,守将因兵少,恐难抵敌,所以遣使求救。太祖与徐达阅毕,商议道:"李思齐乃元朝宰相脱脱之门生,尽得脱脱之传授,不可轻敌。陈友谅虽厉害,连日大败,其势已衰。不妨分兵往敌元军,待退得元兵,然后悉力与陈友谅抵敌。庶无后顾之忧。"议定,即令徐达引十万兵回救濠州。徐达奉命,点齐将士,命大将胡大海为先锋,孙兴祖为接应,自引大队,离江西向北来迎元军。

却说元朝自顺帝即位以来,天下大乱,豪杰割据。元军东攻西击,大半劳而无功,疲于奔命,加以奸臣当道,忠臣不用,朝政益乱。识者皆知元朝气数已绝,唯尚有一二忠臣,痴心妄想,欲图重振山河。李思齐即其一也。李思齐之老师脱脱,当年曾出师濠州,与徐达大战过一次,后为奸臣萨登害死。李思齐颇有承继师志之意,今见明师大举而入江西、淮泗一带,空虚可乘,遂奏知顺帝,愿亲统大军出平淮泗。顺帝准奏,思齐即调山陕齐鲁人马五十万,大将百余员,命部将忽雷大平章为先锋,浩浩荡荡,直向濠州而来。忽雷至濠山前,即就脱脱旧日扎营处安下营寨,以备出战。

隔不多时,胡大海引军亦到,见地势已被元军占去,即命傍山近水下寨。自己引数百军卒,径至元营前索战。忽雷大怒曰:"彼军迟至,反先来搦战,未免太藐视于我。"遂命排队列阵,亲自上马,提青铜大砍刀,来战胡大海。两马相交,近数十合。忽雷力举千钧,刀舞处若大风卷地。胡大海如何抵敌得住,勉强将斧抵住大刀,拨马便逃。忽雷见大海不回本营,反落荒而走,遂拍马追去。大海见忽雷紧紧追赶,不觉心慌,回头喊道:"敌将休追,前有埋伏。"忽雷想:既有埋伏,如何肯说?因此只作不闻,依旧拍马相追。大海急得无计可施,鞭马力驰。忽雷大笑道:"汝逃往何处,我追至何处,决不饶汝。"追至十余里,渐渐相近。忽雷正举大刀向大海背后劈来。忽听一声炮响,大道上斜出一队军士一字排开。为首大将,赤面长髯,身披金甲,外罩绿袍,手提偃月钢刀,坐下红鬃宝马,威风凛凛,宛如关公转世,正是傅友德奉令江北催粮,一路押解至此。在马上一声大喝道:"胡将军休惊慌,某来擒此番奴。"言未毕,匹马当先,已至忽雷面前,一刀向面门劈去。忽雷举起刀柄相迎。岂知友德刀系虚砍,早已收回。忽雷招架一空,不觉大惊。说时迟,那时快,就被友德横过大刀,向忽雷腰间劈为两段,死于马下。小兵过来割下首级。大海上前谢友德相救之情。两人遂一同引军向濠山而来。

却说元兵第二队大将白启源,引兵到得濠山前,扎下营寨。闻知忽雷追赶胡大海,落荒而去。遂提枪上马,引军来冲大海之营。恰巧明军第二队孙兴祖兵到,急忙舞刀来迎。那白启源乃元朝大将号称枪王白延图之子,父授金鼉龙枪法,号称无敌,今年已六十有余,力尚未衰。孙兴祖不识厉害,一刀向马头上砍来,被白启源起枪轻轻一架。兴祖挡不住,大刀落于马下就被启源一把擒过马去,掷于地上。元兵上前擒住。明阵上大将梅思祖飞马来救,已是不及,遂起双锤,向白启源迎面敌住。启源用枪一逼,双锤两面分开。启源紧一枪,向思祖刺去。思祖急往后一仰,堕于马下,跃起便走。启源挺枪追赶,适遇常遇春敌住。两人各举枪尖,战至十余合。启源大吼一声,一枪柄着于遇春左肩,遇春败退。明阵上曹良璧飞马而出,举浑金锐向启源当面打来。启源将头一偏,起枪一架,金锐荡出数尺,就被启源一枪杆,着于良璧背上,良璧吐血而走。此时两家大军皆已到齐,徐达与李思齐各至阵前观战。明阵上曹良臣捧凤尾金枪,跃马来战白启源。战至数十合,被启源一枪,刺中左腿,良臣拖枪败回。启源从后追来,恰巧傅友德与胡大海赶到,友德即上前敌住白启源,大战至百余合,不分胜败。两军皆鸣金收兵而回。

次日,白启源又来索战,明将郭英出马,战不数合,气力不加,败回阵去。明将朱亮祖奋勇上前接战,那白启源是号称金鼍龙,朱亮祖是号称绍鼍龙,皆是白延图一脉相传,唯白启源多一枪秘法,名曰闪电穿针。所以初起二人一百零八枪,并无参差,至零九枪,启源发出闪电穿针法,亮祖不识,无从招架,被启源断发穿冠,削去头皮一片,亮祖负痛败回。是日上午,启源连败明将一十八员,至下午,傅友德出马。那傅友德生性聪明,眼明手快,所以与白启源战至百余合,尚觉支架得住。看看日将西下,傅友德猛用左手执刀,架开金枪,右手拔背上孟劳宝刀。此刀乃春秋年间鲁国所造,锋利异常,能斩金断铁。友德世代传下此刀,负于背上,从不妄用,今日见战不下白启源,无计可施,所以才用之。说时迟,那时快,白启源马头被孟劳刀一挥而坠,那马仆地便倒。白启源急一跃而起,拖枪逃回本阵。友德来赶,已是不及。但见元阵出来一将,面如涂漆,背负大葫芦,手捧金枪,跃马来迎友德。此人即已死元丞相脱脱之子,名唤秃保,自幼受异人传授,学得异术。此时见友德厉害,所以出来施用异术。友德见元将近前,以为来战,岂知其人,并不动手,但将背上葫芦拔去塞子,只见一道红光,白葫芦内飞出一条丈余长的大蜈蚣来,向友德便咬。友德躲避不及,就被蜈蚣咬着肩膀,倒于马下。蜈蚣即仍回入葫芦。秃保安上塞子,挺枪来取友德。只见明阵上两员步将,皆一手执刀,一手执牌,如飞奔至战场。一人将友德背上肩头,如飞而回；一人挡住秃保。背友德者姓张名赫，挡住秃保者姓陆名聚，皆福建人氏，自幼学得满身武艺，纵跳如飞，能滚在地上如皮球一般，现为常遇春部下副将。陆聚见张赫已将友德救归，就在秃保马前马后，马左马右，乱砍乱斩。杀得秃保手足无措，只得又举手欲拔葫芦塞子。陆聚见之，就再滚回阵中。两军阵上，遂各自鸣金收兵。徐达命小卒将友德抬回帐中，见友德已昏迷不醒，人事不知。诸将皆来看视，即传随营医官医治。医官将伤细细一看道："此毒非常厉害，无法可治，唯有饮以护心之药，使毒不能即入心脏。然四五日后必死。"诸将闻之，皆下泪不止。是夜有太祖使者至，谓太祖已大破陈友谅，夺回南昌，诸将闻之皆大喜。次日白启源另选一匹马，仍旧提枪来索战。明将无人出敌，就将免战牌挂出。启源见之，得意而回。

　　是夜，胡大海来见徐达，请令设计擒白启源。徐达知胡大海足智多谋，所以不问何计，便付与令箭一支。大海接令退出，即邀水军大都督俞廷玉，及其子俞通海、俞通渊至自己帐中，私下计议。次日，白启源又来讨战，胡大海抡斧出迎。徐达亲自督阵。诸将知大海绝非白启源之敌，都替他捏一把汗。但见大海至战场上，启口即大骂番将番狗不止。白启源大怒，挺枪直取大海。大海且骂且战，战至五六合，大海已抵敌不住，拨马落荒而逃，口中仍大骂番奴番狗不止。启源怒极，拍马追来。大海且骂且逃，启源吼声如雷，紧紧追赶。大海逃至前面，但见一条大河，阻住去路，河边有两只渔船。大海下马，跳上一只渔船，即命渔人解缆开舟。大海立在船头，仍向启源大骂不止。启源亦至河边下马，跳上另一只渔船，见此船上有两个少年渔人，回头看大海船上时，只有一个老渔翁，摇桨甚觉无力。启源大喜，即命渔人开船，追上前去。渔人答应，将舟开至河中，即停住不摇。向启源曰："直言相告，我等乃大明水军都督俞廷玉之子俞通海、俞通渊也。我父即在彼船上，汝当速速受缚，否则性命难保矣。"启源大怒，即将枪向两渔人打去，两渔人一跃下水，顺手将船一扳，船便倒翻过去，船底向天，将白启源沉入河中。大海拍手大笑曰："今番中吾计也。只见通海、通渊将启源连枪扯上水来。于是一同至河边登岸，将白启源解回阵前，来见徐达。元兵阵上见之大惊，元将皆飞马来夺。明军已掌得胜鼓，收军回营。元将无奈，亦只得收军回营。

次日，徐达命人去见李思齐道："愿将白启源换还孙兴祖。"思齐大喜，即命将孙兴祖放还。明军亦将启源放还。只是启源之枪，为明将李文忠所爱，将其留下。是日，诸将又来视傅友德，见友德仅一丝气息，危在旦夕，诸将皆皱眉不语。忽报营外有一道人，自称冷谦。众将大喜道："闻冷谦乃得道仙人，仙人既来，友德必然可救。"于是徐达等将冷谦接入。冷谦启口即问傅将军何在，可引我一观。众将皆惊以为神，即引冷谦至友德帐中。冷谦从身畔摸出一粒丹药，将半粒敷于友德伤处，半粒用水灌入口中。只见伤处流出许多黑水，黑水流尽，内肿尽平，完好如初。友德亦醒，一跃而起，已无所苦，即拜谢冷谦救命之恩。徐达即留冷谦住在帐中，以防妖术。

且说李文忠既得白启源金枪，想战胜启源，即自出心裁，习练一种枪法。次日白启源来营索战，李文忠即提白启源之金枪来迎。战至数十合，白启源一枪向文忠刺来。文忠一闪，堕于马下。启源大喜，又一枪来刺。岂知文忠并未跌下，将身藏在马腹下，起手中枪自马腹刺出，启源躲避不及，被文忠挑于马下。元阵上秃保飞马而出。文忠已割下启源首级，还坐马背。秃保又放出蜈蚣来。冷谦在旗门下见之，举手向空一招。半天里飞下一只金鸡，将蜈蚣啄为两断。秃保大惊，回马便走。文忠骤马追去，徐达亦挥军齐上，傅友德一马当先。是时李文忠已杀入元阵，李思齐抵敌不住，被明将乱斩乱砍，杀得元兵尸横遍野，血流成河。李思齐引败残军士，逃回直隶。徐达鸣金收兵，获得元兵军械粮饷，不计其数。是夜回营后不见冷谦，遍查踪迹，不知去向。徐达设宴与诸将庆贺战功，将牛羊犒赏三军。从此元兵不敢再犯濠山。

刀王

明太祖既得太平城，即命大元帅徐达，引兵进攻集庆路。徐达奉命，先向凤台关进发，命常遇春为先锋，引兵三千，直抵关下。徐达大军随后亦到。按七星阵式，扎下营寨。唯时天气炎热，太祖在离营十里之金牛山避暑。徐达命赵德胜、丁德兴等，带领三千军士，离山三里驻扎，以资护卫。

却说凤台关乃集庆路咽喉要道，守关大将姓赵名良臣，系元朝武探花出身，文武全才，智勇过人，使一条凤尾金枪，真是神惊鬼怕。还有一种绝技，名为百练飞抓，抓式与人手相似，一经打出，着于敌将身上，能将敌将抓住。抓上有毒，中者七日必死，百步之内，百发百中。其弟赵良璧，使一柄浑金锏，力大无穷。此二人威名远震。加以集庆守将大刀赤福寿，号称刀王，为天下第一名刀。盗贼一见其面，即回马而逃。因此从无人敢来攻夺此关。当下赵氏弟兄，闻得明军已抵关下，即点起五千军马，出关来敌。常遇春一马当先。元将赵良璧提锏出迎。两马相交，枪锏并举。良璧虽是力大，终不敌常遇春枪法精通，就被常遇春使出梅花枪解数。但见枪光起处，朵朵梅花，或左或右，或上或下，枪尖不离乎良璧马前马后。战得良璧汗流浃背，不能招架。良臣急将良璧唤回，亲自舞动凤尾金枪，拍马来战。两人各施枪法，大战起来，正是棋逢敌手，将遇良材。战至数十余合，不分胜败。遇春见无法可擒良臣，遂使出鼍龙枪解数来。此种枪法，起始于元将白延图，号称金鼍龙，又称枪王。白延图传授二人：一台州方国珍，号称银鼍龙；一武状元朱亮祖，号称绍鼍龙。遇春之舅，慕此枪法，特潜身投入白延图府为厨子，日夜窥视，方得其法之大概，惜乎不全。既归，即授之遇春。今日见良臣枪法精通，因此使出此法。良臣见之，识得是鼍龙枪解数，然不知破法，急忙架开枪回马而逃。遇春不舍，拍马追赶。良臣提起飞抓，见两马相距，已在百步以内，即回身一掷。抓速如矢，向遇春迎面飞来。遇春急避，已是不及，被飞抓将左腿抓住。良臣用力来扯，遇春忍痛相持，被飞抓将腿肉抓去一块，抓毒入血，遇春倒于马下。良臣大喜，回马来捉。明阵上李文忠飞马出救。良臣更不答话，又飞一抓，将文忠左臂抓伤，亦堕马下。明阵上胡大海驰马出来。良臣又飞一抓，大海回马便走，已着在背上，良臣用力一扯，岂知大海之甲已破烂，良臣只抓得一片甲。大海拍马逃回。遇春、文忠即在此时，为明兵救归。良臣见明将无人再出，方鸣金收兵，掌得胜鼓而回。

且说遇春、文忠受毒甚深，昏迷不知人事，幸得名医陶子敬能治，为二人敷药，方得渐渐苏醒。自是良臣日日来搦战，明军不出，相持五日，忽报沐英解粮到此。徐达甚喜，即命出战。沐英年只十五，勇猛非凡，军中号称勇貔貅。良臣见沐英年幼，不以为意，及一经交手，只三数合，良臣已是不敌，急使出飞抓来。不料沐英手中所使者，名为四须虎头钩，形如虎头而有须，须弯曲如钩。飞抓迎面而来，沐英举钩相迎，被沐英用力一扯，良臣气力不敌，急忙松手，回马逃进关中。沐英亦不追赶，即携了飞抓，回营献与徐达。达命毁之。次日，沐英至关前索战，良臣闭关固守，令人至集庆求救。虽沐英日日来关外搦战，良臣只是不出。一日，忽见明营中白旗招展，合营穿孝，急命人往探。始知明将常遇春、李文忠毒发而死。良臣大喜。次日，又见沐英护送灵柩出营，向北而去，良臣乃谓弟良璧曰："明军大将，唯有常、胡、李、沐，今常、李已死，沐英又送柩归北，只剩胡大海一人，无能为矣，不乘此时下手，更待何时？今夜吾与汝各引一支军，分两路杀入，劫其营寨，可以一战成功也。"良璧然之，即令人以此计往告赤福寿，乞兵后应。赤福寿大喜，曰："吾正欲来救，诚恐他军来袭吾集庆，故未敢发。今夜当出其不意，将徐达擒住，岂不甚好。"于是命大将熊不直、龚宜鞠二人，引一万军马衔枚疾走，绕道金牛山后，往冲徐达后营，两面夹攻，必能成事。赤福寿自己单身匹马，提金背大砍刀出了集庆，一路向凤台关来接应赵氏弟兄。良臣得使人回报大喜。当晚结束齐整，与弟各带了三千人马，出凤台关，至明营前，点起火把，一声呐喊，良臣在左，良璧在右，拔开鹿角，攻破营门，杀进营来。明兵四散而走，良璧冲透三座营帐，只不见大将来迎，于是直向中央冲去。正走之间，一声炮响，地上七八条绊马索，一齐俱起，将良璧掀下马来，就被明兵擒住。火光之中，一员大将，带兵四面杀来，将元兵杀得无路可奔，伏地请降。来将乃是郭英，收点降兵，将赵良璧解入中军。

且说赵良臣亦冲破三座营寨，未见大将，心下狐疑不决。忽听一声炮响，火把齐明。一员黑面大将，抡巨斧迎面杀来，正是胡大海。良臣正欲抵敌。忽左侧一声炮响，火光中一员大将，紫面提枪，正是常遇春。右侧一声炮响，一员大将，白面银枪，正是李文忠。良臣知是中计，回马便走。迎面一声炮响，又是一员大将，虎皮盔虎皮甲，手提一柄四须虎头钩，拦住去路。良臣见是沐英，心胆俱碎。四个人将良臣围住大战。良臣勉强招架，战至数十余合，急忙格开四将兵器，拍马而逃。回视手下军卒，死者死，降者降，早已一个不剩。良臣拼命逃走，谁知此乃七星阵式，变化极多，且处处有埋伏。良臣不识此阵，自以为向外，其实是向内。正行间，忽然连人带马，跌下陷马深坑，伏兵齐出，用挠钩套索，将良臣擒住。胡大海赶到，即命解入中军。原来此地是胡大海把守，离头营已三里矣。良臣解至中军。正遇郭英将良璧解到。兄弟二人，面面相觑，并无一言。众将进帐交令。徐达命将二人推入，达笑谓良臣曰："闻君乃智勇之士，如何中吾香饵钓金蝉之计乎。今既被擒，服否？"良臣低头不语，满面羞惭。徐达知赤福寿必来，即命常、胡、李、沐四人，至凤台关外铁线桥把守。自己又用言语来劝赵氏弟兄投降。赵良臣曰："今既被擒，可杀不可降。"达笑曰："君乃华人，元系胡种，如何忠心向胡耶？"良臣不能答。正说话间，忽报金牛山失驾，帐上、帐下闻之皆失色。赵氏弟兄闻之大喜曰："此必赤将军之兵也。"乃谓徐达曰："汝今能不遣一将往救，而尔主不为所擒，且不受丝毫损伤者，我二人即愿归降。"达曰："可。"遂不命将去救。其实徐达言时，暗以目示意众将。所以唐胜宗、陆仲亨等十余人，已暗暗退出大营，取了兵器，上马往救明太祖去了。

正在此时，忽有报事官报进帐来道："赤福寿已过铁线桥，杀进大营来了。"徐达急命众将出战。原来常、胡、李、沐四人守住铁线桥，望大道上，不见人影，以为赤福寿未必即来。遂不经意，岂知赤福寿匹马至凤台关，问知赵氏弟兄已杀出关去，亦即出关，径向明营进发。其马系名驹，异常迅速，一转瞬已至铁线桥。见桥上有二人，立马横枪。赤福寿皆不放在眼内，一马冲上桥来。常遇春与李文忠亦不知来者是否赤福寿。双枪齐举，拦住赤福寿去路。赤福寿轻起大刀只一掀，两条枪已荡出数尺，几乎脱手，吓得二人魂不附体。幸而赤福寿马快，且不知二人乃大将，故并不还手，否则二人之命休矣。赤福寿冲过桥后，正遇胡大海抡斧砍来。赤福寿举刀招架，只一碰，大海之斧，已脱手飞坠于数丈之外。赤福寿亦不还刀，仍向前行。又遇沐英一钩迎面而来，赤福寿起刀一架，觉颇沉重，乃问："来将何名？敢阻刀王之路。"沐英曰："我乃勇貔貅沐英是也。"赤福寿笑曰："孺子可教也，勇则勇矣，貔貅二字，尚未可当。"因用七分功力，将虎头钩逼开数尺，还一刀向沐英当顶劈去。沐英勉强招架，不觉力怯，急忙拍马而逃。赤福寿亦不追赶，提刀踹进明营。明将蜂拥而出，将赤福寿围在居中。常、胡、李、沐四人，亦回马来战。赤福寿立马围中，发开大刀，不慌不忙，左勾右格，面不改色，毫不惧怯，视明将兵器，直如灯草一般。姑且按下不提。

且说熊、龚二将，引军绕道，直至金牛山前。望见山上灯火齐明，有人在彼行走，又见离山三里扎有营寨。即命人往探，乃知山上系明主朱元璋在彼乘凉。山前营寨，乃明将赵德胜、丁德兴之兵。熊不直谓龚宜鞠曰："自古道擒贼须擒王。我等冲明营之功，不如擒明主之功为大。且明主既擒，明兵即瓦解矣。"宜鞠曰："君言是也，我等急往冲丁、赵之营，然后上山捉擒明主，所谓兵贵神速，迟则不及。"言毕，熊不直舞动笔捻抓，龚宜鞠举起雁翅镋，引军直杀过来。丁、赵二人，向以为此间绝无敌兵来攻，所以毫无防备，是夜二人开怀畅饮。元兵杀来时，二人已饮得酩酊大醉，闻报踉跄而起，从人代为披挂，扶上马背，各提钢鞭，出营迎敌。熊、龚二人见了大笑曰："醉汉焉能济事。"赵德胜大怒，挥鞭向熊不直马头上打来。被熊不直起笔捻抓一击,钢鞭脱手而飞。赵德胜几乎栽倒,急忙伏鞍而逃。丁德兴亦被龚宜鞠一连数锐,打得虎口皆开,回马便走。就被熊、龚二人,引兵冲破营寨杀上山来。平日山上奉徐达之命,并不大张灯火,且太祖亦从徐达之言,终日在山洞中石床上闲坐,与李善长、孙炎等谈论学理,并不出外。此日合当有事,太祖忽嫌洞中炎热,不从众人之劝,定欲出洞来散步乘凉。保驾将军邱龙、张俊见阻不住,只得各提棍棒,命军士四下张灯,护从太祖上马闲行。不料为元将所见,杀上山来。邱龙忙来抵敌,举棍向熊不直马头上便打。熊不直将笔捻抓向棍上一揿,就将邱龙连人带棍,跌出丈外。幸是步将,纵跳翻跌,乃其所长。邱龙就地一滚,跃起赶上,又向马后便打。熊不直用抓柄一架,邱龙又跌出丈外。此时张俊亦与龚宜鞠交战,其翻跌一如邱龙。太祖乘此机会,拨马逃走。熊、龚二人拍马来追。邱、张舍命相阻,连跌数十余次,仍在熊、龚马后乱打。赵、丁二人,亦随后赶来。无奈熊、龚二人马快。四人如何阻挡得住。幸而太祖所骑亦系龙驹名马,熊、龚二人所乘究系战马,所以相去终在一箭之外。时山上已大乱,李善长等皆大呼失驾,飞步来寻太祖。唯有孙炎为人机警,径向大营报信讨救,只恨一足跛残,又屡为山石所蹶,勉强下得山来。恰巧遇见唐胜宗、陆仲亨等飞马而来。孙炎大喜,急指点方向,令众将速往救驾。

岂知太祖慌忙逃奔，神思昏昏，不向大营，竟任马所至，向荒野而走。熊、龚二人见之大喜，拍马紧紧相追。盖二人熟识此间地势，见太祖走向不通之处，所以心中甚喜。相追渐近，龚宜鞠意欲抢夺头功，驰马超出熊不直之前，放下金锐，取弓搭矢，拽起弓弦，向太祖便射。只听弓弦响处，龚宜鞠反倒于马下。熊不直但求得功，不顾龚宜鞠之生死，驰马仍来追赶太祖。太祖回顾大惊，力鞭坐马。谁知此马四足乱蹦，不肯向前。太祖向马前一看，吓得魂不附体，原来前面一条大河，阻住去路，马不能进。熊不直满心欢悦，飞马而来，举起笔捻抓，向太祖当顶打下。太祖伏鞍待死。忽耳畔闻丁零一声，熊不直又倒于马下。太祖大喜，定睛细视。但见一瘦驴自芦苇中出，驴项围响铃一串，行动有丁零之声。驴背骑着一人，身高不满四尺，瘦小如猴，手提一柄五花钩，满面笑容，吐声尖锐，曰："明公受惊不浅矣。"太祖喜曰："救我者伯起耶？"曰："然，某奉刘伯温先生之嘱，候此久矣。"太祖顾元将之尸而笑曰："阎王票子既至，此贼不死何待。"原来此人姓吴名复，字伯起，合肥人，幼遇异人传授袖箭之法。其箭长只三寸三分，箭头有毒，一百五十一步内，射人咽喉，发无不中，中者立死，以是大江南北，称之为阎王票子。太祖未起兵以前，曾遇之于元都，相交甚得，至是又蒙其相救之恩，益觉欣慰，于是下马称谢不已。正谈间，又有两骑马至，一人提枪，腰悬龚宜鞠首级，一人执铜，太祖皆识之。前一人姓杨名璟，亦合肥人，执铜者姓顾名时，乃濠州人。太祖曰："二公何以至此？"二人曰："我等奉刘伯温先生之嘱，谓明公今日有难，令我等守此相救，顷间时射以箭，中贼腰。璟骤马刺之，遂取其首级。惜乎并未料及贼有二人，致明公仍未能脱身。苟非吴公，我等前功尽弃矣。"太祖曰："神矣哉，伯温先生之占卜也。今何在？"二人曰："不日来投明公矣。"

此时丁德兴、赵德胜、邱龙、张俊皆至，伏地请罪。太祖命之起曰："此我之过，非诸将之罪也。"于是一同回向金牛山来，又遇见唐胜宗、陆仲亨等已将元兵杀尽，迎上前来。诸人见太祖无恙，皆呼万岁，乃一齐拥至大营。徐达接入，慰问毕。太祖问营中何以鼓声大震，杀声不绝。达曰："元将赤福寿，匹马单刀，来犯我营。众将悉力与敌，尚未能擒获。"太祖又问帐下何人，达曰："凤台守将赵良臣、赵良璧也。"太祖急亲解二人之缚，曰："二公既有忠心，何必向胡人哉？"二人见太祖果无毫发损伤，又以诚心相待，遂一同下拜，自称愿降。太祖大喜，即与徐达引众将至帐外观战，但见赤福寿身高九尺，虎背熊腰，面如朱砂，须如铺雪，身坐红鬃良马，手使金背大砍刀，威风凛凛，杀气腾腾，在围中舞着大刀。众将不敢近前，唯常、胡、李、沐等四人，勉强战住。太祖曰："此人不除，集庆不可得也。"赵良臣曰："元将唯白延图与此老，号称中外无敌。"徐达遂命唐胜宗、陆仲亨、丁德兴、赵德胜、杨璟、顾时、梅思祖、孙兴祖八人，上前助战，又命郭英、郭兴与曹氏兄弟踞住凤台关。各将领令去讫，战至黎明，只见赤福寿愈杀愈勇，众将均敌不住。吴复曰："请元帅命诸将退后，待某去擒之。"达即传令诸将撤围。赤福寿见明将退后，遂向中军杀入。忽闻铃声丁零，吴复催驴而来。赤福寿一见，回马便走，力鞭坐马，逃至凤台关下，见关上已易明军旗号，遂由小路奔回集庆而去。太祖即日与徐达引兵穿关而过，来攻集庆。赤福寿紧闭城门，不敢出战。相持半月余，常遇春等各架云梯，前来攻城，城上矢石俱下，卒不能破。又久之，城中粮食渐尽，福寿欲弃城出走。岂知一出城来，即遇吴复，吓得退回城内。原来昔年福寿之母，朝山进香，中途遇盗，幸得吴复相救，护送而回。福寿感其恩，厚待之。闲时问公："箭共有若干？有不中者否？"复曰："此乃神箭，欲千即千，欲万即万，无不中者。"以是福寿畏之，直如真的阎王。其实复箭只有七支，从不妄发。人见其手动即逃，不敢待其发也。赤福寿日易一门，来冲明营，必遇吴复而归。虽日出四门亦然。以为吴复有先知之明，岂知乃徐达之计，预选童子三人，饰为吴复。赤福寿不察，致受其愚，于是困守城中者。又月余，一日常遇春等乘赤福寿在北门时，引兵猛攻南门。遇春冒着矢石，身受数创，奋勇而登。明将一拥齐上，杀退元兵，开关而入，集庆遂破。赤福寿闻之自刎。太祖悯其忠义，厚礼葬之，且优恤其妻子。

可怜刀王一世英雄，卒受徐达之绐，为阎王票子所扼，束手坐毙。可知阎王票子之名，真不虚传。而益见人之有勇无谋者，终不足恃也。

癞头和尚

清朝雍正年间,征服金川番寇的那个大将军,姓年名羹尧,岂不是很有名的?但年羹尧幼时顽劣异常,后来如何渐渐好起来?幸他得了一个教师。这教师就叫作癞头和尚。那年羹尧与癞头和尚的种种事实,下文一一说来。

年羹尧系满军镶黄旗人,父亲曾做过都统。羹尧生得相貌魁梧,年都统心下十分欢喜,唯性情生得桀骜不驯,又且气力甚大,终日在家打奴骂婢,性子起时,还要持刀弄斧,动就伤人。年都统得知,有些着恼。一到七岁即请了一位先生,与他开学读书。第一日先生教他读《三字经》,不料这羹尧天生聪明,一见书便能领悟,蓦然问先生道:"人之初,性本善。如何讲法?"先生道:"凡人一生出来,性子本是好的,没有恶的,所有恶人都是后来学坏的。"羹尧道:"不对不对,依我说,凡人生出来性子本是恶的,必须有人教导他,方成好人。不然,我父亲何必请尔来教我。"先生默默。隔了数天,读《千字文》,又来问先生道:"天地玄黄,是何解法?"先生道:"天是玄的,地是黄的。"羹尧又道不对:"天都是青色的,下雨的时候是灰色的,哪里有玄色的天?"便说先生不通,时常与先生胡闹。先生无可奈何,只得辞官而去。

羹尧自从那位先生去后,一连又请了几位,不是说他不通，便是说他教授不善。教师见羹尧如此倔强，哪个肯来教他。年都统到了此时，深恨儿子不肖，也渐渐地不喜欢他了。

羹尧因此直到十三岁，尚未读书。一日有个穷和尚登门求谒，说道要见年都统。门上守门的人，见他衣服褴褛，当他是个化缘和尚，想给了他些米饭银钱，就可教他走了。哪知这和尚说道："别的我都不要，只要见见你们主人。"门上人无可奈何，报知年都统。都统就命门上人带进接见，及见他相貌，知他有些来历，恭恭敬敬地请他坐下，问道："请问老师，是何法号？驻锡何处？"和尚道："我向无法号，人家见吾癞头，就叫我癞头和尚，终日云游，并无一定所在。"年都统道："老师光临，有何见教？"和尚道："闻得府上有位公子，意欲求师。自问虽是出家，释、儒家的学问，也曾粗粗学过，所以特来自荐。"年都统一想我的儿子性情顽劣，谁不知道，但他专诚自荐，必有些道行来历。便说："今蒙老师不弃，愿授小儿学业，感激万分，未知应如何办法？"和尚道："令郎顽劣，我都知道，但贫僧既愿教他，自然有个办法，况贫僧并不要修金，只要求拨一座宽大的花园，待我把令郎送进去后，就将园门塞住，只开一小洞，可传日用饮食等物，使令郎不能出来，那时贫僧便有法了。"

年都统听了癞头和尚之言，大喜道："如此甚善。"就叫了羹尧来见和尚。说也奇怪，羹尧听说和尚是他先生，他反不恼，倒正正经经的，拜了和尚为师，随他进园住宿。

龚尧自从进园以后，终日游玩。和尚也不叫读书，自己天天坐着蒲团念佛，并不理他。园内虽有假山池塘，龚尧足足耍了两个月，实在玩得没趣，想要私逃出去，无奈园墙太高，门又塞住，无法可施，要求和尚放他出去玩耍。那和尚坐在蒲团上，并不理他。弄得龚尧性急，就把铁尺在癞头和尚顶上打了几下。哪知这和尚如同不觉得的一样。龚尧看了怕起来，又独自玩了半个月光景。实在觉得无味，来求和尚教训。和尚见龚尧渐觉省悟，便悉心教导他，将那古今兴衰存亡的大致，以及天文、地理、兵法等类，逐一教他。龚尧天分聪颖，不到三年，早将经史子集，诸子百家，都融会贯通了。

一日龚尧忽对和尚说："我文人的功夫，已经学完。还有一事，请先生指教。"和尚问何事。龚尧道："我三年前曾将铁尺打先生的头顶，我见先生如同不觉得的一样，这个本事我想学学。"和尚道："这也容易。"便将易筋经功夫及十八般武艺，件件教他，不上二年都练得精熟了。和尚对龚尧说道："你现在学了这一身本领，出去已可封侯拜相，但外面才能众多，你若出去，定要虚心求贤，却不可自恃己勇，性情残忍，切忌切忌。我现有事离此，带你往见你父。"于是教开了塞住的那园门，往见年都统。年都统见龚尧文才武艺，色色皆精，又是五年不见，身材益发长的壮伟，举止大方，进退合度，知是和尚教导有方。遂向和尚再三道谢，感激不尽，厚置金银赠送和尚。和尚一些不受，唯嘱龚尧切莫忘却前日嘱咐的那几句话，遂辞别年公，扬长而去。

癞头和尚去时，龚尧时已十八岁了，便于是年应考，居然一考就进了秀才，去应乡试，又中了第十名举人。到了明年，又中了进士，点了翰林。他就在京供职。光阴迅速，不上二十年，就做到兵部尚书。当龚尧做兵部尚书的时候，适逢金川叛乱，龚尧遂奉命为抚远大将军，与奋威大将军岳钟琪带兵十万，征讨金川。正要发兵的时候，忽有二人，持了癞头和尚的信来求见，都说愿随军效力。龚尧看了信，方知二人即癞头和尚的徒弟：一名清风子，一名明月子，均本领高强，特地荐来，帮同打仗。龚尧遂带了二人，并会同均有异人本领的提督陈国亮，军师张仁谋，参将福兴，参谋南国泰、何必正等人，一同发动十万雄兵，出了嘉峪关，浩浩荡荡，杀奔前来。那金川番寇，原是欺清兵无备，故而入寇，一路侵入边疆，从未遇着劲敌。不意遇着了年、岳的大军，一战即败。不数月，连失哈密、乌里雅苏台、巴里坤、胡卢关、准噶尔等名城大邑。金川元帅噶尔丹，败至青海，守住关隘，长叹道："不料吾盖世的勋名，败到如此地步。"叹罢想觅死。帐下有一个雪山老祖的徒弟，名叫遮山鹰的说道："元帅切不可如此，待我回山去请师父来，定可报失地之仇。"

噶尔丹道："若祖师肯来，我无忧矣，烦你快去请来。"遮山鹰领命，不一日，即请了雪山祖师带了许多徒弟来到营中。噶尔丹亲自迎接。祖师道："清营如此无理，故特来为元帅报仇。"说罢向各处看了形势，于要路伏下三处精兵，都是他的小徒弟，那徒弟多是有法术的。因吩咐道："清兵来时不要与他战，念动口诀，自有功效。"

且说清兵追至青海，知敌兵已扎立营寨，遂再商破敌之策。年大将军便传探子去探听地势。探子回报道："此处离金川营八十里，中间只有三条路，可以过去。两条是小路，一条是大路。"年大将军便分三路进兵，使何必正掌中路，明月子掌左路，清风子掌右路，一齐向金川营前进发。何必正带着兵丁向中路进兵，忽听山头一声锣响，只见四处昏烟毒雾攻来，对面不见人物，知道中计，只得驾雾而逃，恰遇着雪山祖师在山顶上，用手一指。何必正顿时跌下，竟丧命了。那明月子向左路进去，刚走得一半路，忽然两边山上山水大发，直冲下来，手下兵丁，都被水淹死，只得借水遁逃回去。那清风子向右路进发，一路地形险恶，两面都是树木，想道：此地若是火攻，我命休矣。这话未了，忽见周围火起，那些兵丁，尽行烧死，只得借火逃回。当下，年大将军与岳公等看见前面火光，正在大家惊异，清风子、明月子都狼狈回来，诉说遇水、遇火之事，并有中路败卒逃回报告何必正遇害情形。年大将军大惊，寻思道：只有请我师父癞头和尚帮助，或者可以胜他。遂命清风子往请，清风子领命尚未动身，忽辕门差官报道,外面有个和尚,要见将军,自称癞头和尚。众人听了大喜,迎进坐下。癞头和尚道:"因我迟到一日,便伤了许多人马,可怜可怜。"年大将军及众人均请和尚设法破敌,和尚道:"他们现有雪山祖师,法术不在我下,却在我上。我若早来,断不放兵丁过去。他的水、火、烟三项,不比寻常,实在可畏,况此处人马不敷分配,总要向关内多调数十员将官。数万人马,方能济事。"年大将军听后,随即发下令箭,向关内调取兵将。癞头和尚遍看各营,见布置严密,颇加称赞。来到后营见了升天球,便问这球如何用法。南国泰将用的法子说了一遍。癞头和尚道:"先生如此灵敏,佩服佩服。但既会用升天球,可会造地行船吗?"国泰道:"未曾造过,求师父指教。"癞头和尚道:"目下金川以烟、水、火三项塞路,连升天球也是无用。鄙意拟造地行车,由地下过去,使敌人毫无知觉,连烟、水、火也无所施其巧。此船式样,头尖、身阔、尾小,中间装机器,以便行动。每车可坐百人,每时可走百里。先在本营掘一大穴,须深十丈,将车放在穴内,将机关开动,便能在土里进去,如在地上行动一般。若要出土,将车首往上一扳,便能到地面上了。此地离金川营后面大约六七十里,现在营中兵丁五万人。若装五百辆车,于夜间渡过去,只消一个时辰,便可尽数过去了。俟关内新兵一到,两面夹攻。噶尔丹虽有冲天之能,也要就擒了。"众人均称妙不止。南国泰便连夜赶造,不上十日,都已造就。到了这日晚间,清营内兵丁都坐在地行车内,渡过金川营后面。和尚道:"噶尔丹知道我们兵到,他营必然退去,我们可以合兵同追。他若不退,便用新兵牵制他,我们可鼓行而西,直捣金川。他死守此处,也是无用。"年大将军道:"师父此计,正合吾意。"

噶尔丹自得了一次胜仗,以为大功可成。忽一日探子报道,清兵都移营扎在吾们寨后。噶尔丹大惊,忙告知雪山老祖,一同出营观看。果然清营旌旗遍野,心内想道:吾的水、火、烟三种法术,是万不能过去的,何以清兵竟能过去?忽然想起,一定是他们在地下过去的,便与噶尔丹商议道:"元帅此地料难守住,清兵倘若内外夹攻,我们就腹背受敌了。如今只好退到雪山,待吾摆一厉害的阵,使他不能前进。至今日退兵,亦须仔细。吾自己断后,方可无虞。"噶尔丹从言,即刻退兵。清营看见他退兵的情形,知他有备,置之不理。金川兵退到雪山。此山乃是雪山老祖修炼之处,往金川的咽喉。老祖便择了一个险要之地,名曰关键关,关分两面,都是高山,中间一条大路。老祖叫人马扎在东山,平地上摆一冰结阵。不论凡人仙人,一进此阵,被冰结住,且此冰结阵,是无形之冰看不见的。老祖摆下此阵,对噶尔丹道:"此阵比前水、火、烟三阵,更加厉害,自己兵丁也不能进去。吾今交与你灵符五千张,如要进阵,将此符佩在身上,进出便可无事。"

年大将军等了数日,新兵猛将,均已到齐。方欲前进,望见那边高山中间一条大路,杀气腾腾,忙请癞头和尚来看。和尚道:"此处必有埋伏,不可乱进,但又不是水火刀兵,真是奇怪。"正在讲话,忽见天上一只大鹰,在西北飞来,飞到那空地处,忽见掉下来了。癞头和尚大疑。南国泰忙将千里镜交与癞头和尚,和尚接来一看,恍然道:"此冰结阵也。我看这鹰,周身毛羽都被冰结住,这处所摆的定是冰结阵。很难破他的。"一想此事,非请罗马国教皇不可,遂与年大将军商议。年大将军以南国泰与教皇有师生之谊,就派南国泰乘升天球往请。不到两日,国泰同教皇带了法宝,徒弟十二人,坐了升天球来到清营。年、岳二将亲出迎接,当下即请教皇破这冰结阵。教皇道:"这也容易,但我本意是行善的心思,若使残伤人命,非所愿也。我今带了徒弟,佩了十字架法宝,同癞头和尚、南国泰、年、岳二将以及全队兵丁,向阵地进发,即可安然进去了。"雪山老祖这日在山上看清兵进阵,以为中计。不料竟被清兵进来,自知法术被人破了,只好同遮山鹰带了原来的小徒弟,均一溜烟回山而去。噶尔丹在关键关上,一见雪山祖师的法术破了,又不见他回来,遂弃关而逃,途中为清将所杀。冰结阵破后,罗马教皇及徒弟同癞头和尚都告辞各回去了。

　　年大将军自从得了关键关之后,一路长驱直入,势如破竹。一日兵抵瀚海,此处黄沙迷漫,恍如愁云惨雾遮隔一样。金川兵驻扎在瀚海之西,并有一外国,国名叫作俄罗斯,驻扎在瀚海之东,互相接应,以御清兵。年将军早知瀚海之险,便叫陈国亮等带兵暗渡瀚海,约齐到金川营。年将军自己与南国泰等在后陆续进发。是日,天气晴朗,清兵进了瀚海,走了半日,平安无事。忽一阵怪风吹得昏天黑地,人马都被风吹得目闭耳聋。怪风定后,四方景色与来时大不相同,方向亦辨不清楚。清兵叫苦不绝。年大将军忙叫南国泰打开指南针一看,国泰立刻面无人色,说道:"我们遇着罡风了。"年大将军道:"什么叫作罡风?你何以知得?"国泰道:"现这指南针连东西南北都分辨不出,所以知是遇着罡风。三日内不能避开,即要丧命。"话犹未毕,又一阵大风吹过,比前更加厉害,及风过后,又变另外一番景象,进退无路。看看天又晚了,那风越吹越厉害,好不怕人,大有坐以待毙之势。正深骇间,忽然听见半天中一声鹤唳。众人抬头一看,见一只白鹤上坐一人。南国泰眼力最好,朝上一看,原来是癞头和尚。和尚见了,便高叫道:"你们快些退回去,再迟两个时辰,便逃不出大难了。"年大将军便吩咐兵将,快拔营而出。癞头和尚骑鹤先行,清兵跟着他走,约走了两个时辰。癞头和尚道:"此处就不要紧了。将来年大将军过去,须走此路方保无虞,别处是不能过去的。"说话之间,已出了瀚海,一直往金川大营进攻。癞头和尚便要告辞回去。年大将军再三挽留,设筵祖饯,饮毕各自归寝。明日，军士报道："昨夜师父不见了。"年大将军叹道："吾师来无踪，去无迹，真如神龙一般。我能如此，虽王侯之贵，也弃如敝屣了。"且说年大将军出了瀚海的难，不日就攻进金川大营，乘胜而来，如入无人之境，垂手得了金川全部。各部首领，逃去的逃去，授首的授首。年大将军一面八百里红旗报捷。清廷得知，自然嘉赏。一面把金川地方善后事宜，件件都办好，凯旋还京。清廷叙功授爵，封年羹尧为一等公爵，岳钟琪为一等侯爵，其余将卒均封赏有差。年大将军以此番征战，自出师起，得胜回，只有一年零六个月，其中历尽艰难，深得癞头和尚救助之力，奏请清廷颁赐封号。清廷得奏，当即下旨封癞头和尚为正觉大禅师。

羹尧后又出任陕甘总督，自恃功高，性情残忍，任意杀戮，对于清廷，又稍露跋扈之态。正是违背了癞头和尚昔年临别时教他的话。后来被御史官奏参，革职解京，严讯得实。清廷按照大逆不道的刑法，就把羹尧赐自尽。这就是羹尧不听癞头和尚教训，故终不免自受杀身的恶结果，身败名裂，岂不可惜！